講談社

秋吉理香子

Rikako Akiyoshi

げつやこうろ

目次

序章　「暗夜行路《あんやこうろ》」　5
第一話　「曽根崎心中《そねざきしんじゅう》」　53
第二話　「春琴抄《しゅんきんしょう》」　101
第三話　「黒蜥蜴《くろとかげ》」　155
最終話　「月夜行路《げつやこうろ》」　219

装丁　大原由衣
装画　宮島亜希

月《げつ》夜《や》行《こう》路《ろ》

序章

「暗《あん》夜《や》行《こう》路《ろ》」

カズトの手が好きだった。

野球のピッチャーだったから、全体的に大きくて、指が長かった。がっちりした第二関節。まあるく切ってある爪《つめ》。爪の中に白い星（とカズトは呼んでいた）ができると「願い事が叶《かな》うんだぜ」と喜んで数を数えていた、子供みたいなカズト。

カズトの後ろ姿も好きだった。

豪速球を投げ込んできた広い肩に、短く刈り上げた後頭部、そしてよく陽にやけたモカ色のうなじ。いつもお日様のにおいがして、大人になっても野球少年みたいだった。

あなたが大好きだった。

夏に生まれて、夏に愛されて育った人。

カズト。

あなたは今どうしているんだろう。

あなたは今でも、わたしを思い出してくれているだろうか――

玄関のドアが開く音がして、ハッと目が覚めた。慌《あわ》てて時計を見る。もう五時だ。ベッドから飛び起き、階段を降りると、娘の芳香《よしか》が靴を脱いでいるところだった。

「ごめん、すぐお弁当用意するから」

高校一年生の芳香には、平日毎日のように予備校がある。学校から帰ってきたら予備校用のバッグとお弁当を持たせて、すぐに送り出さなければならない。

「やぁだママ、しっかりしてよ。期末テストが終わって、今日から補講日で学校はお休み！だから昼間に予備校で、今帰ってきたんじゃん」

芳香は早口で言いながらダウンコートを脱いでバックパックを廊下に放り出し、トイレへ走った。が、ドアは開かない。

「うわ最悪。篤史《あつし》、早く出てよ」

うたたねしていた間に息子の篤史も中学校から帰宅していたらしい。いずれにしても、夕食の用意を始めなければ。

「早く出ろっつーの」

芳香がドアを蹴《け》る。

「ちょっと、女の子なんだからそんなことしないの」

「あ、ジェンダー差別。ママ、アウト」

すっかり生意気な口調ながらも、切羽《せっぱ》詰まったようにドアノブをがちゃがちゃ引っ張っている。

「いやあねえ、そんなになるまで我慢しなくても。駅かコンビニですませてくればよかったじゃないの」

「いやよ、トイレ行くとこなんて見られたくないもん」

誰に見られたくないのだろうと考える間もなく、ドアが開いた。

「もぉー、姉ちゃん、トイレくらいゆっくりさせてよ」

篤史がぶつぶつ言いながら出てきて、洗面所に手を洗いに行った。

やれやれと頭を振りながらわたしはキッチンへ行く。冷蔵庫を開け、育ち盛りの子供ふたりのために栄養があってボリュームのあるメニューの算段をする。バレーボールの選手だったわたしは中学の時から高たんぱく質の献立《こんだて》にこだわって自分で作っていたので、料理は得意だ。

野菜を洗い始めたところで、対面式キッチンのカウンター越しに篤史がゲーム機器の電源を入れるのが見えた。

「にんじんの皮むき手伝ってよ」

声をかけたが、振り向きもしない。篤史はテレビ画面でゲームを選ぶと、プレイを始める。

重厚で壮大な音楽。映画と見まがうような迫力のある映像。自室にもテレビはあるが、リビングのテレビほどの大画面ではないので、篤史はいつもここでゲームをしている。

「ちょっとは手伝いなさい！」

叱《しか》ってはみるものの、もう諦《あきら》めている。毎日毎日、同じやり取りだ。ごくたまに臨時で小遣いが欲しい時以外は、ほとんど手伝ってくれることはない。いわく、「それはママの仕事でしょ」だ。

「他のお母さん、みんな外で働いてるよ。うちだけじゃん、専業主婦」

わたしは大学のスポーツ科学部を卒業した後、運よく大企業の実業団に入ることができた。結婚してからも続けていたが、娘の出産後しばらくして引退した。出産後も復帰する選手はいた。だけど育休でバレーから離れていた間に実力のある若手が何名も入団し、一方で自分は体力も技術も衰えていた。結局わたしは、大きな実績を残すこともないまま、実業団を引退した。

バレーを離れたら、なにをすればいいかわからなかった。小学四年生で始めてから出産するまで、バレーボール一筋の人生だった。新しくなにかをやらないと、と焦っているうちに篤史を妊娠し、出産し、結局そのまま働かずに今に至る。

わたしが大学生だった頃は、やっと女性の社会進出が叫ばれ始めたばかりで、女性の総合職もまだ多くなかった時代だ。お茶くみは女性の仕事かどうかが真剣に議論され、女子学生は面接で「お茶くみをどう思いますか」と試金石《しきんせき》のように尋《たず》ねられたという。ちなみに当時大流行していた面接のマニュアル本によると、そのトリッキーな質問に対する完璧《かんぺき》な答えは、「社会人として、業務上必要なのであればお茶くみはできて当然だと思います」となっていた。「女性として」ではなく、あくまでも「社会人として」と言うのがポイントだと、赤線が引いてあった。

寿退社はまだまだ一般的だったし、ましてや出産後に共働きという夫婦は珍しかった。なのに、今やどうだ。周りにいる女性は、みんな働いている。産休と育休をうまくやりくりして新卒から働き続けてきた人もいれば、再就職した人、パートで働いている人などさまざまだ。

　周りの母親がしっかりと外で稼《かせ》いでいるなかで、確かにわたしは肩身が狭い。けれども、それは子供が手伝わなくていい理由にはならない。なにも料理を作れと言っているわけではない。せめて下ごしらえを手伝ったり、皿洗いをしたり、洗濯物を畳んだりするべきだと思う。だけどそう言うと、決まって「ママの仕事でしょ」と芳香も篤史も口をそろえるのだ。それなのに、わたしが家事で忙しがっていると、「家事なんて仕事のうちに入らない」とあしらわれる。都合の悪い時だけ仕事だと押し付けられ、そうじゃない時には仕事じゃないと揶揄《やゆ》される。わたしがしていることはいったい何で、そしてわたしの存在は、なんなのだろう。

「聞いてんの？　ピーラーでやるだけだから」

「無理！　絶賛バトル中！」

　結局、こういう時に叱り切れない自分の責任なのだ。しっかりした母親なら、ゲームの電源を引っこ抜いてでも手伝わせるんだろう。我ながら情けない。結局は、働いていない、という引け目に負けるのだ。

　まったくもう、と腹だたしく思いながらにんじんをピーラーでむいていると、廊下から芳香の話し声が聞こえてきた。いつもより声色がワントーン高く、口調は可愛《かわい》くきどっている。家族や同性の友達に対するものとは、明らかに違った。

芳香はもうすぐ十六歳になる。最近はメイクも始め、大人びた私服を選ぶようになってきた。子供ではないが大人とも呼べない、微妙な年齢だ。気になって料理の手がおろそかになっているうちに、芳香が電話を終えてキッチンに顔を出した。

「ちょっと出かけてくるね」

「今から？　もうすぐ夕飯よ」

「いらない。夜マックしようって」

「男の子と？」

「いいじゃん別に」

「まさか、お付き合いしてるの？」

「うるさいなあ、関係ないでしょ」

「若い娘がこんな時間から出かけるなんてダメ。誘う方が非常識だわ」

「非常識じゃないよ、すごくちゃんとした人。いい大学行ってるし」

芳香は女子校に通っている。知り合うなら予備校の同年代の男の子だと思っていたが、大学生とは。

「どこで知り合った人？　大学生なんて心配だわ」

ダウンコートを羽織《はお》り、当然のように玄関へ向かう娘の前に立ちはだかる。

「関係ないじゃん。どいてよ」

「ダメよ！」

「食べたらすぐに帰ってくるって。マック行くだけじゃん。予備校のときなんてもっと遅いのに」

「とにかく許しません！」

「最悪！　ママってダサい、大っきらい！」

芳香はそう言い捨てると、若い女の子とは思えないような荒々しい足音を響かせて二階へ上がっていった。家全体が揺れるかと思うほどの大きな音を立てて、部屋のドアが閉められる。

二十八歳で芳香を産んで、今は四十四歳。五十代も珍しくない同級生のお母さんの中では、若い方だと思っている。芳香が中学の頃は「話のわかるママ」だと芳香の友達から羨《うらや》ましがられていた。アイドルのコンサートに行きたいと言えば、親同伴などと野暮《やぼ》なことは言わず自由に行かせてやっていたし、ピアスの穴をあけたいと言えば、自己処置で済まさぬように、ちゃんと病院に連れて行ってやった。篤史だって「クラスの女子から、ママは背が高くてモデルみたいだねって言われちゃった」と、誇らしげだったのに。

「すっげえヒステリー。怖いね」

キッチンに戻ると、篤史がテレビゲームの手を止めずに言った。

「篤史、お姉ちゃんのことをヒステリーだなんて言うもんじゃないわ」

「違うよ」

あーくそ、殺されたーと悔《くや》し気に言いながら、篤史は伸びをするように立ち上がった。中三の篤史は、いつの間にか、百七十六センチのわたしを追い抜こうとしている。

「姉ちゃんのことじゃないよ。ママのこと」

篤史は小学校高学年から外ではお母さんというようになったが、芳香がママと呼び続けていることもあり、家ではまだまだママ呼びだ。

「……え？」

「八つ当たりだろ、今の」

「バカ言わないでよ。どうして……」

心の底をえぐられたようで、動揺した。わたしとそっくりの、一重《ひとえ》の目。自分の分身に見透かされているようだった。

「だって最近変だもん。お父さんが浮気でもしたとか」

「くだらない。そんなことより宿題やったの？　もうすぐ夕飯なのに。ほんとにあなたは、いつもいつもゲームばっかりで、ちょっとは真剣に――」

「あーあーあー聞こえない。うぜ！」

篤史はわざとらしくため息をつくと、器用に爪先で床に置いたゲーム機本体の電源を切った。

「こら！　足でやらないの！　いったい何回言ったらわかるわけ!?　だいたいね――」

「はいはい、やっぱヒステリーじゃん。ベッドが別々になったの、俺も姉ちゃんも知ってるんだからね」

篤史はそう言うと、ダイニングを出て行った。

知られていたことがショックで、少しの間呆然《ぼうぜん》と突っ立っていたが、気をまぎらわせるように包丁を持つとひたすら野菜を切りまくった。それを全部鍋《なべ》に放り込んで火をつける。

出汁《だし》は昼のうちに丁寧《ていねい》にとっておいた。野菜の煮込みができる間に、ほうれん草の白和《しらあ》えをつくる。何も考えなくても、手が勝手に動いて、おふくろの味が出せるようになっている。ネギはもちろん、コリアンダー、バジル、ミントなども庭で育てているし、小さな容器には自家製のぬか漬けだって常備してある。お酒なんて特にすごい。ほぼ毎月、季節ごとに旬《しゅん》の果物をつけて果実酒をつくっているのだ。一月はゆず酒、三月はなつめ酒、四月はいちご酒、七月はびわ酒、八月はラズベリー酒、十月はざくろ酒、というように。なかには八年ものの クコ酒もあり、それは夫の一番のお気に入りだ。酒も肴《さかな》も手作りだし、夫が帰ってくれば、それなりに気を遣っている。夫の愚痴《ぐち》を子供たちの前で一度も言ったことはない。それなのに——子供たちに、寝室のことを見抜かれていたなんて。

「あなたの初恋、探します！」

突然、カウンターの向こうから、ロマンチックなメロディとともに拍手が鳴り響いた。驚いて見ると、テレビ画面に『あなたの初恋、どこでＳＨＯＷ?』という派手なテロップが躍っている。篤史がゲームの電源を落とした際、テレビの電源を切り忘れていたようだ。ＤＶＤやゲームなどの外部入力機器に何分か反応がないと、自動的にテレビ画面に切り替わるようになっている。

何年かに一度は見かけるたぐいの、バラエティー番組だった。芸能人や一般人がかつて好きだった相手を、番組スタッフが総動員で探し出す。相手との思い出が再現ＶＴＲで流れ、それにスタッフが苦労して相手の消息をたどる画面がさしはさまれる。相手は見つかるのか、もし見つかったとしてスタジオまで来てくれるのか、再会はかなうのかが見どころとなる。

これまでも、このような番組を見る度、胸がきゅっとするような感覚を覚えてきた。だけど今日は、心臓をわしづかみされたように、身につまされた。

それはきっと、カズトの夢を見たからだ。

ずっと忘れられない。

カズト。

わたしの初めての――そして最後の――本気の恋。


カズトとは大学二年の時に知り合った。スポーツ教育演習という講義が同じで、キャンパス内で会えば会釈《えしゃく》する程度の間柄《あいだがら》だった。ある日、講義のあと「山下《やました》さん、ちょっとごはん食べに行かない?」とひとなつっこく誘われて、近くの居酒屋に行くことになった。

スポーツ科学部の学生にはスポーツ推薦が多く、わたしはバレーボール、カズトは野球の枠だった。なのに、なぜだか今は転部して文学部在籍なのだと言う。

「俺はもう、投げられないから。去年、肩を壊しちゃって。子供の頃からずっとずっと、プロになるのが夢だったんだけどね」

きっと、ものすごく辛《つら》いことだろうに。豪快にジョッキでビールを飲みながら、カズトは笑っていた。

「もう荒れちゃってさ。まず大学に行かなくなった。だって行ったら、野球部の連中に会うから辛いじゃん? で、酒ばっか飲んで、マージャンしてたら留年しちゃった。アハハ、当たり前か。だから山下さんとは学年は同じだけど、俺の方が年はいっこ上だな」

端整な顔立ちが、笑うと目が細くなって愛嬌《あいきょう》たっぷりになる。頭を掻《か》くカズトから、荒れていたというのが想像できない。ずっとずっと日の当たるところで戯《たわむ》れていたような印象だ。そう言うと、

「いやいや、あの頃はマジでヤバかった。すさんでたよ。一人暮らしだけど、何もする気が起こらなくて、カーテンを閉め切った部屋でずっと寝てるわけ。一切片づけないからゴミ屋《や》敷《しき》になってて、ゴミに埋もれながら、焼酎《しょうちゅう》を瓶《びん》で抱《かか》えて飲んでたんだぜ?」

今だからわかるけど病《や》んでたんだなぁ、とカズトはしみじみ言った。

「じゃあ、どうやって立ち直ったの?」

「マサオカシキ」

「え、なに式?」

わたしが聞くと、カズトは大爆笑した。

「正岡子規《まさおかしき》。俳句を作る人」

俳句や詩、小説のたぐいはほとんど読まないわたしでも、学校で習ったので名前と独特の風貌《ふうぼう》くらいは知っている。あんまりにもウケているので、悔しくて口をとがらせた。

「だっていきなり野球の話から俳人にいくとは思わないじゃない」

「いやーおもしろかった。山下さんって会話のセンスいい。勇気を出して誘ってよかった。最高」

最高、なんて異性に言われてドキッとする。女子校出身で、大学入学後も女子バレー部で

しか交流のなかったわたしは、よく考えたら男の子と二人きりで飲むのは初めてだった。だけどそんなことも気にならないほど、カズトとは自然体で話せ、そして楽しかった。

「で、なんでそこで俳句が出てくるの」

「仕送りを全部酒に換えるような生活をしてたんだけどさ――あ、ちなみに俺、大阪出身ね――、ある日、酒を買いに行って金を払おうと財布を開けたら、三十円しかなかったの。すごくショックで、情けなくて、もうこのまま死んじまおうって、ふらふら歩いていたんだ。そしたら図書館があったから、なんとなく入った。タダだからさ。そしたら、たまたま『文学とスポーツ』っていう展示をやっててね。文学とスポーツなんて、一番遠くて関係ねえだろ、なにを無理やりこじつけてやがんだって、なんだかすごく腹が立って、ケンカ売る気分で展示を見てたら、正岡子規は日本に野球が入ってきたごく初期の明治時代に、好きが高じて自分も選手としてプレイして、野球を日本に広めた功労者だって説明書きがあって。しかも、打者、走者、投手、死球、飛球、内野手、外野手、捕手とか、俺が子供の頃から当たり前みたいに使ってきた野球用語を英語から和訳した人だったんだ」

「え！　そうなの？」

「びっくりだろ？　俺、野球を辞めてから、野球に関係のあるものは避けてたんだけど、なんだかすごく嬉《うれ》しくなって、すぐに図書館カードを作って正岡子規の本を何冊か借りて帰ったんだ。そしたら子規も、病気で野球を諦めなくちゃいけなかったって書いてあった。子規は、『野球』って書いて『のぼーる』っていう雅号ももってたくらいで、野球にまつわる句をたくさん作ってた」

夏草や　ベースボールの　人遠し

　朗々とした声で、カズトは詠《よ》みあげた。

「どういう意味なの？」

「これは、子規が病床で作った句なんだ。夏に草野球をしてる人を見て、かつて野球をやっていた健康な自分を遠いものとして思い出している――そんな風に俺は感じた。この句を読んだら、ぼろぼろ泣けてきて。俺、プロにはなれないけど、野球ができなくなったわけじゃない。せっかく健康な体があるのに、自暴自棄になっちゃいけない。野球以外でも、努力すれば他になにかできるはずだって奮起してさ。単純だろ？」

「ううん。すごく良い話」

　もっともっと聞きたかった。知りたかった。

「それから図書館に通い詰めて、たくさん本を読んだ。正岡子規が夏目漱石《なつめそうせき》と交流があったっていうから、漱石も読み始めて。毎日通って本を借りてたら、司書の人が『近くに太宰《だざい》治《おさむ》のお墓があるよ』って教えてくれたから、太宰治の墓参りに行って、作品もたくさん読んだ。昔、教科書で『走れメロス』を読んだことがあったけど、他の作品はほとんどが暗くてびっくりした。絶望して酒におぼれてたところとか、希死念慮《きしねんりょ》を抱えながら必死であがいて生きていたところにすごく共感した。大文豪といわれる人でもこんなに悩んで苦しんでたんだって思うと、死にたい気持ちがなくなった。だから、俺は文学に救われたんだよ」

わたしが無言で見つめているのに気がついて、カズトは急に真っ赤になって目を伏せた。

「おかしいよな？　こんな、体育会系のいかつい男が文学とかさ」

「そんなことない」

わたしの周りにはスポーツをしている人しかいなかった。だからスポーツ以外の話題を、キラキラした瞳《ひとみ》で語れる人が新鮮だった。

「で、スポーツ科学部にいてもしょうがないし、新学期のタイミングで、文学部に転部したわけ。とはいっても未練たらたらで、こうしてスポ科の授業もいくつか取ってるんだけど」

文学部で裸眼2・0なんてきっと俺だけだよ、と笑うカズトは、太陽の下にはためく白いシーツのように、どこまでも清潔でまぶしかった。

「今まで生きてきて、こんなに本を読んだことがなかったから毎日新鮮で楽しいんだ。教職の単位も取ってるところ。俺が文学に救われたみたいに、国語の楽しさとか教えてあげられたら、人生の幅が広がるかもしれないだろ？　ってわけで、今の俺の夢は、国語の先生」

ほぼ初対面で、キラキラと夢を語る男性に、惚《ほ》れない女はいないだろう。わたしはもうすっかり、カズトにまいってしまっていた。

「まあ先生になりたいってのも、夏目漱石の『坊《ぼ》っちゃん』の影響なんだけどね。ほんと単純なんだ」

「『坊っちゃん』ってそういうお話なの？」

「うん、あっちは数学の先生。熱血すぎて、あちこちでやらかすのがいいんだ」

「へえ……」

「でもさー俺、スポ科で本を読む人、会ったことないんだけど、涼子《りょうこ》ちゃんは本が好きだったりする？」

山下さん、からいきなり涼子ちゃん、と距離を詰められてドキドキしながら、首を横に振った。

「そういえば読まない。漫画も読まない」

「だよなあ。なんでなんだろ？」

「多分だけど、スポーツをやりながら読めないからじゃない？　音楽なら聴きながらプレイできる。だけど本を読もうとしたら両手がふさがるじゃない」

「ああ！」

当たり前のことを言っただけなのに、カズトはポンと膝《ひざ》を叩《たた》いてしきりに感心してくれた。

「そっか、単純に物理的に無理なんだ。そりゃあ、涼子ちゃんだって本を手に取れないよなあ」

「なんかごめん」

「え、どうして謝るの」

カズトが好きなものを、わたしが好きじゃないことが申し訳ないと思ったのだが、よくよく考えればそんなことは一ミリも彼の人生に関係なくて、謝ってしまったことが自意識過剰に感じて、わたしは思わずうつむいてしまった。

「人の好みって面白いよな。野球だって、全く興味ない人からすれば、甲子園だドラフトだって、どうでもいいわけだろ？　正直、俺もバレーボールのことはわからんし。だから別に、それでいいんじゃない？　お互いに違うものが好きでも、こうしてしゃべってるだけで、俺、めちゃくちゃ楽しいから。これからも、こんな風に一緒にいたいんだけど、どうかな？」

無邪気に、直球で愛情を伝えてくれる人だった。付き合うことになってからは、ずっと一緒にいた。学校で、わたしのアパートで、彼のアパートで。一緒に料理を作って食べ、映画を観に行き、スポーツ観戦をし、一緒に眠った。バレーボールの練習や合宿も、カズトの存在が励《はげ》みになってますます頑張れたし、それが試合での得点にもつながって、監督やチームメイトに驚かれた。

世の中のすべてが輝いて見えて、どんな人にも優しい気持ちになれて、これまでの数倍良い人間になれた気がした。

それは全部、カズトのおかげだった。カズトはわたしを高めてくれる、かけがえのない存在だった。わたしたちはベターハーフで、そのまま、ずっとずっと一緒にいるのだと信じていたのに——

「ババアになっても、昔の恋人に会いたいもんかねえ」

いつの間にか、篤史が缶ジュースを片手に隣に立っていた。わたしは息を呑《の》み、包丁を手から落とす。

「わわ、なにやってんの！　危ねー」

篤史が慌ててキッチンマットに落ちた包丁を拾ってくれた。

「だってあんたがいきなり変なこと言うから……」

震える手で包丁をすすぎながら、つとめて平静を装った。

「なんだ、テレビ観てたんじゃなかったの」

「え？」

飛び出しそうな心臓を押さえながらカウンター越しにテレビに目をやると、「さあ、扉の向こうに、Aさんはいるんでしょうか!?　いよいよ運命の瞬間です！」と盛り上げる司会者の隣で、おめかしした女性が祈るように両手を組んでいる。見た感じ、わたしと同年代の中年だ。

「こういう再会番組ってさあ、恩師とか恩人より、初恋とか昔の恋人っていうのが、ダントツで盛り上がるんだよな」

篤史が生意気な口調で言う。

「そうなんだよねー」

返事をしたのは芳香だった。機嫌を直したのか、お腹《なか》がすいたのか、キッチンに入ってくるなりわたしの手元にあるほうれん草の白和えをつまむ。

「どこかで幸せになっていてほしいって願う気持ちと、自分はこんなに幸せになりましたって見せつけたい気持ちがあるんだと思うな」

「そうそう。まあ一緒になれなかったからこそ美化されて、想いは膨《ふく》らんでいくんだよ。会えば、やっと終止符が打てて吹っ切れる。だからこういう番組が流行《はや》るんだろうね」

子供たちがあまりにも的確なことをあっさりと言うので、まるで自分の気持ちを見透かされているようで、指が震えて、今度は菜箸《さいばし》を落としてしまった。

「会えば……終止符が打てるのかな」

わたしはゆるゆると床にしゃがみ、落とした菜箸を拾いながら、無意識に呟《つぶや》いていた。

しかし二人の子供たちの耳には届いていない。

「それでは運命の扉が開きます……オープン！」

掛け声とともにゆっくりと開く扉に、二人の目は釘付《くぎづ》けだ。

「わたしも、もう一度カズトに会うことができれば、ふっきれるのかしら」

小さな、だけど心の底からのわたしの叫びは、割れるような拍手に掻き消される。画面の中では、ついに対面できたかつての恋人同士が、泣きながらしっかり手を握り合う様子が映し出されていた。


夕食の後、子供たちはすぐにそれぞれの部屋に戻り、わたしは一人で片付けをした。手伝うよう言ったが無視だった。結局はわたしが自分でやってしまうのだから、甘やかしているのだろう。誰からも感謝されることはない。時々、なにもかもが面倒くさくなって投げ出してしまいたくなる。

洗い物をしてから明日の朝食、予備校用の弁当の下ごしらえをすると十時を過ぎていた。

子供たちは中学に上がった頃から、食事と風呂《ふろ》以外、基本的にはずっと自室で過ごすようになった。今夜も、きっともうおりてこないのだろう。子供たちが小さかった頃、一日中世話に明け暮れていて、早く成長して自立してほしい、自分の時間が欲しい、といつも願っていた。けれども今は寂《さび》しくて仕方がない。

ふと冷蔵庫のドアに貼《は》られたマグネット式のカレンダーを見る。「ママ」「パパ」「よしか」「あつし」と欄があり、備え付けのペンでそれぞれ予定を書き込むことができるようになっているが、今はわたし以外、誰も書き込まない。そして明日の日付の欄に「誕生日」とあることにも、誰も気づいてくれない。

わたしはため息をついて濃い目の水割りを作ると、二階の寝室へとあがった。窓際のもうひとつのシングルベッドのシーツは、もう何日もピンと張ったままだ。きっと夫は今夜も戻ってこないだろう。

夫と出会ったのはカズトと別れてから一年後だった。運よく実業団に入ったわたしは、バレーに明け暮れる日々を送っていた。試合に頻繁に出させてもらえるようになり、少しは顔も知られ、スポーツ雑誌に写真やインタビューが載るようになった。夫はスポーツ雑誌の記者兼編集者で、よく取材に来ていた。

最初はおとなしそうな人だと思った。必要以上にしゃべらない。いつもひっそりと体育館の端《はし》っこで見学し、黙々とメモを取っている。顔なじみになるにつれて親し気な態度をとる記者もいる中、彼は決して誰とも距離を縮めなかった。それでいて選手をよく観察していて、トレーニングや試合に関して、ものすごく的確な質問を投げかけてくる。そしてバレーボールの知識もすごかった。バレーボールの発祥から発展の歴史、ルールの変遷《へんせん》、さまざまな国の選手の名前、そして彼らの得意技、有名な試合の得点。選手になりたくても身長が足りずに諦めざるをえなかった——特に男子は——人はいる。てっきり彼もそうなのだと思ったら、スポーツ雑誌に配属されてから勉強したのだと言う。それまでは試合を見たこともなく、ルールすら知らなかったらしい。誠実でまじめな人なのだ、と思った。

彼と知り合ってしばらくして、わたしは膝を故障した。選手にはどうしても負担がかかる部位だ。試合に出られなかったわたしは、つい取材に来ていた彼に愚痴った。

「そもそも〝故障〟って失礼だと思いません？　まるで機械みたい」

同意を求めたわけでも感想が欲しかったわけでもない。聞き流してもらうつもりだった。けれども彼は少し考えた後、

「辞書では、〝故障〟は人体にも使う言葉となっています」

と答えた。

「そうなんですか？　知らなかった。でもやっぱり〝怪我《けが》〟よりも不愉快に感じますね。どうしてだろ」

これも聞き流してもらうつもりだった。だけど彼はまたじっと考えると言った。

「〝故障〟という言葉が人体にも機械にも使えるのに対して、〝怪我〟は人体にしか使えないからじゃないでしょうか」

「なるほど、きっとそれです」

「あの、だったら僕はこれから記事を書くとき、〝故障〟という言葉を極力避けるようにしようかなと思います」

え、と思ってあらためて彼を見ると、耳まで真っ赤になっていた。その時に初めて、彼がわたしに好意を持っていることを知った。何度か試合に出場できないことが続き、結果が出

せなくなって焦るわたしに、やはり彼は静かに耳を傾けてくれた。そのうちに少しずつ距離が縮まり食事に誘われた。もともと理系の大学を出ていて、学術書を作りたかったから出版社の採用試験を受けたこと、論文を書くのが得意だったから採用されたのかもしれないこと、どんな分野でも研究して突き詰めるプロセスが好きなので、学術書以外の部署でも楽しく仕事していること――彼のいろいろなことを知り、好ましく思った。そして映画や遊園地という学生のようなデートを重ねたあと、プロポーズされた。

夫はわたしよりも身長が十センチ低く、色白で、ひょろっとして眼鏡《めがね》をかけていた。理系で、スポーツは全くできない。そういう、なにもかもがカズトと逆なところが安心できた。実直で、いつもおっとり笑う夫と過ごすうちに、あんなに忘れられないと思ったカズトのことも、思い出さなくなっていった。

結婚生活は順調だったと思う。大手出版社に勤める夫は収入面でも安定していて、苦労はなかった。子供が生まれてからは毎日時間に追われたが、二人の成長は喜びだったし、夫も積極的に育児に手を貸してくれた。

そんな夫だったのに、何年か経《た》つころからセックス、一緒の食事、会話の順で減っていった。ベッドを別々にしようと提案したのはわたしのほうだった。

「いいね。そうしよう」

少しは嫌がってくれるだろうかと期待していたのに、夫は快諾した。

「夜遅く帰ってきてベッドにもぐりこむ時、マットレスの揺れで涼子を起こしてしまうのが申し訳なかったから」

夫は言い訳のように付け加えた。

その日のうちに全国展開する大手チェーンの家具屋へ行き、一番高級なシングルベッドを二つ購入し、ダブルベッドを業者に引き取ってもらった。けれど結局それも無駄なことだった。夫がほとんど帰ってこなくなったからだ。

「シングルベッド、二つも要らなかったわね」

一度、久しぶりに帰ってきた夫に皮肉《ひにく》ってみた。けれども彼はあいまいな微笑《ほほえ》みを返すだけだった。

ベッドに入ってふかふかの枕《まくら》を背もたれにし、水割りを飲みながらうとうとしていたら、急にドアが開いた。グラスを落っことしそうになり、慌てて両手で持ちなおす。

「あ、ごめん。起こしちゃった?」

久しぶりに見る夫の顔だった。無精ひげが生《は》え、髪も整っていない。

「おかえりなさい。びっくりした。帰ってくるなんて思ってなかったから」

「うん、校了がなんとか終わってね」

「ご飯は?」

「大丈夫、食べてきた。僕も風呂に入ってすぐ寝るよ」

夫はスーツをハンガーにかけると、階下におりていった。

結婚してから数年はスポーツ雑誌にいた夫だったが、そのあと芸能誌へ異動になり、今では月刊の文芸誌の編集部にいる。二年ほど前に編集長になり、月に一度の校了期間は泊まり込みで作業になるし、作家のサイン会や取材旅行の付き添いなどで、月の半分は家をあけている。

チリン、と鈴のなるような音がした。夫のスマホの、トークアプリだ。また続けてチリン、となる。スーツのポケットに入れっぱなしのようだ。

わたしはベッドを抜け出して、そうっとスマホをポケットから抜き取る。ロックはかかっているが、新着メッセージの通知は表示されていた。

『目が覚めたらいないいんだもん。帰っちゃうなんてひどいわ』

『あなたがいないとダメなの、知ってるくせに』

——やっぱりね。

わたしは投げやりな気持ちになる。

思った通り、仕事なんかではなかったのだ。

夫のスーツに香水の移り香がし、長い髪の毛をつけて帰ってくるようになったのは、いつからだったのだろう。まるで昭和の演歌のような、笑ってしまうくらい絵に描いたような証拠だったが、昔も今も、浮気のほころびというものは変わらないのだろう。

そして、相手の目星もついていた。銀座《ぎんざ》のクラブ『シャッフル』で働いている、明奈《あきな》という女だ。ネットで調べたら高級ラウンジだった。怪しみ始めてからポケットや財布を探って名刺を見つけた時は、単に作家の接待だと思おうとした。そういうことはこれまでもあったし、仕事だし、良い気はしないが仕方がないと割り切ってきた。だけど明奈宛《あ》てのプレゼントを見つけてしまったとき、これまでとは違う真剣さを感じた。ブルガリの小箱。恐らくアクセサリーだろう。ごていねいに「明奈ちゃんへ　似合うと思って選びました。愛をこめて」というメッセージカードとともに、ビジネスバッグの奥底に隠してあった。

そういう人だと思わなかった――浮気された女は、きっとみんなそう言うのだろうけど。だけど夫の場合は、堅物で、不器用で、こんな風に妻に隠れてセンスのいいプレゼントを選べるような男ではなかったはずなのだ。使い込んだ、いかにも編集者風の、書類や本がぱんぱんに詰まった無骨な黒いビジネスバッグ。そう、彼はまさに、そのような人だった。ブルガリのしゃれた小箱なんて入る隙間《すきま》はなかったはずなのに。

ギャンブルやアルコールに溺《おぼ》れることはあっても、不倫だけはしない人だと思っていた。結婚して二十年近くたち、愛情や情熱がなくなっても、わたしだけを見ていてくれるのだと。――我ながらおめでたい。

まじめな人なのに、いや、まじめな人だからこそ、相手の営業トークを真に受けて、どんどんのめりこんでしまうのだろう。

メッセージは、几帳面《きちょうめん》で丁寧な夫の自筆だった。文章は不器用だが、誠実さがひしひしと伝わってくる。まじめな夫が「愛」という字を使うなら、浮わついた気持ちではないはずだ。場違いな高級ブランドショップで、明奈のことを思い浮かべながらプレゼントを吟味《ぎんみ》している朴念仁《ぼくねんじん》の姿を想像すると、ショックと悔しさで顔を覆《おお》いたくなる。

本当は、その時に問い詰めたかった。小箱を投げつけて、わめいて、泣いて、殴って、どんな関係なのか聞きたかった。だけど怖かった。現実を突きつけられるのが怖かった。

階段を上ってくる足音がする。わたしは慌ててスマホをスーツのポケットにすべりこませると、ベッドにもぐり、寝たふりをした。

夫がそっとドアを開けて入ってくる。隣のベッドがきしんだ時、夫のスマホが鳴った。今度は鈴の音ではなく、通話の着信音だった。こんな夜中にかかってくるなんて。

「はい、沢辻《さわつじ》です」

夫が小声でこたえる。

——ねえ、メッセージ見た？

しんとした部屋に、かすかに女の声が漏れ聞こえる。

「ああ、どうも。いつもお世話になっております」

ごまかしている夫が滑稽《こっけい》だった。

——すぐに来てよ。

「いえ、それはちょっと。もう家でして」

——隣に奥さんがいるの？

「はい。そうなんです」

——会いたいの。今すぐよ。お店で待ってるから。

「明日はいかがでしょう」

——そんなのダメ。今ったら今よ。そばにいてくれなきゃダメなの、知ってるでしょう？　ねえ、お願いよ。でないとあたし……。

「わかりました。すぐに向かいます」

わたしは布団の中で目を見開いた。待ってよ。今から行くの？　信じられない。

夫は通話を終えると、音をたてないように身支度を始めた。

「あら……どこかへ出かけるの？」

わざと眠たげな声を出す。

「え？　ああ、うん。仕事で呼び出されて」

ぐっと胸に何かを押し込まれたようになる。こんなに平然と嘘《うそ》をつく人ではなかったはずだ。こんな風に、きっとこれまでも何度も嘘をつかれてきたのだろう。

「仕事って……真夜中よ」

「そうなんだけどさ。重原《しげはら》先生だから、嫌とは言えないよ」

うそぶきながら、いそいそとワイシャツに袖《そで》を通す。

夫は重原壮助《そうすけ》という大御所作家の担当をしている。文壇の重鎮と呼ばれる彼の近影は決まって、白髪に眼鏡、そして和服姿で、両腕を組み、口をへの字に曲げている。気難しい上にアナログで、絶対にワープロソフトを使わず、原稿用紙にのたくったミミズを書き起こすのも夫の仕事だった。これまでも休日に呼び出されたり、真夜中に用事をいいつけられたりすることは何度もあった。その度に夫は、「ごめんな」と申し訳なさそうに出かけて行ったし、わたしも先生なら仕方がないと受け入れてきた。もう何年も、重原壮助の名前はわたしたち夫婦の間で免罪符だった。

けれど、と今になってわたしは思う。いったいそのうち、実際に先生からの呼び出しは何度あったのだろう。

「朝にしてもらえば？」

「行かないと、不機嫌になるから」

「それでも……断ればいいじゃない」

夫は聞こえないふりをして、用意をし続ける。

あんなの、店に来てお金を落としてもらうための、ただの営業トークじゃない。あなたがどんなに真剣になったって、大勢の客の一人に過ぎないのよ、わかってるの？

心の中で毒づきながらも、さっきの一文を思い出して胃が冷える。

——目が覚めたらいないんだもん。

二人はいったいどこにいたのだろう。店の中で会うだけの関係ではありえないやり取りだ……。

「明日、何の日か覚えてる？」

コートを羽織った夫に、とっさに声をかけた。夫はボタンを留める手を止め、きょとんとしてこちらを見る。

「誕生日。わたしの」

夫ははっと目を見開いた。

「あ、そうだった……ごめん」

夫は目を逸《そ》らして、カバンを持つ。出かけるのをやめる気は、ないらしい。

「じゃあ明日は早めに帰ってくるから。ね？」

「わたし欲しいものがあるんだ」

「いいよ、なに？」

「ブルガリのアクセサリー」

「……でも涼子はブランドとか興味ないだろ？」

「今まではね。だけどブルガリは憧《あこが》れちゃう」

「そっか……考えとくよ」

明奈には買ってあげたくせに。それに今夜も店に大金を落とすんだろうに。閉じられたドアの向こうで、足音が遠のいていく。苦い笑いが込みあげてきた。全《すべ》てが滑稽だった。サイドテーブルの、水割りの残りに手を伸ばす。

――ばっかみたい。バレてないと思ってるのね。

一気に飲み干し、ふたたびベッドにもぐりこむ。が、ふつふつと怒りがたぎり、燃えさかり、どうにもおさまらない。今頃夫は足取りも軽く彼女の店へ向かっているのだ。わたしが家で歯ぎしりしている間、二人がいちゃつくのかと想像すると、叫び出しそうになる。

わたしはベッドから起き上がると、着替え始めた。

夫を追いかけるつもりだった。正気の沙汰《さた》ではない。だけど酔いが怒りに油を注ぎ、業火となっていた。

店の所在地は頭に入っている。

乗り込んでやろう。夫をひっぱたいてやろう。慌てて追いかけてきても、家に帰ってやらない。そうだ、そのままひとりで銀座の超一流ホテルに泊まればいい。自分の誕生日なんだから、好きにさせてもらう。いや、一泊といわず、一週間くらい豪遊してやる権利はあるはずだ。夫も頭を冷やせばいい。子供たちも、わたしのありがたみを知るだろう。

わたしは手早く着替えをキャリーバッグに詰め込むと、鼻息も荒く玄関を出た。

キャリーバッグを引きずって駅まで歩き、電車に飛び乗った。真夜中の上り電車には、人はまばらだった。暖房のきいた電車に揺られて、いつの間にかうとうとしていたらしい。がくん、と一度大きく揺れて電車が停車した。

「銀座、銀座。お忘れ物のないよう――」

同じように眠っていた人たちが、緩慢なしぐさで荷物をかき集め、降車してゆく。駅におりたって構内の時計を見ると、〇時を少し過ぎていた。

日付が変わった。わたしの誕生日だ。

風が冷たい。わたしはコートの襟《えり》をかき合わせて、夫のいるクラブを目指す。

クラブやキャバレー、バーなどが集まる華やかな一角に、たくさんの人間が吸い寄せられていく。わたしもその流れに交じって、歩を進めていった。

やがて目的の雑居ビルが見えてきた。十階建てで、『シャッフル』の看板が最上階からわたしを見下ろすように光っている。ロビーに入り、エレベーターのボタンを押そうとして、ごくりと生唾《なまつば》を飲み込む。勢い込んで来たものの、酔いもさめかけた今、いざとなると、勇気が出なかった。

エレベーターの前で逡巡《しゅんじゅん》しているうちに、一階にあるバーのドアが開き、にぎやかな音楽とともに、真っ赤なドレスを着た大柄な女性と小柄な男性が転がるように出てきた。

「じゃあね、マルちゃん！　今日はありがと！　クリスマスのイベントには絶対に来てよ！　ん～！」

女性は真っ赤に塗った厚い唇《くちびる》を突き出して男性の額《ひたい》にくちづける。その低い声でわかった。赤いドレスの女性が、実は男性だと。

「じゃあねバブリーちゃん！　またね！」

額に口紅をつけた男性は両手で投げキッスを返し、よっぱらった足取りで夜の銀座に消えていった。男の姿が完全に見えなくなると、バブリーちゃんと呼ばれていた女、いや男はくるっとわたしの方を向き、「いらっしゃぁい！」と抱き着いてきた。

「え？　あ、あの、わたしは違います」

「いーのいーの、照れなくたって！　うち、特殊なバーだもん、入りにくいよね。新宿《しんじゅく》二丁目ならいざしらず、銀座だしさ。店の前まで来てくれても、もじもじしてるお客さん、ほんっと多いの！　大丈夫、ぜーんぶわかってるから任せて。さあ、どーぞどーぞ」

そう言いながら強引に引っ張っていく。そのパワーは、男のそれだった。

「いや、本当にちが――」

「一名さま、ご新規ー！」

バブリーに店の中に連れ込まれると、そこには不思議な空間が広がっていた。意外と広い店内は、薄いブルーや紫の照明がゆらゆら揺れている。その空間を、ごてごてしたドレスや花魁《おいらん》のような派手な振袖《ふりそで》を着た人たちが、グラスやトレーを片手に、たゆたうように歩いていた。まるで水槽の中で熱帯魚が泳いでいるかのようだ。

「あら、いらっしゃーい」

「ようこそ！」

その声や体形から、その人たちも男性なのだとわかった。店の中央に大きなカウンター、そしてテーブル席が五つほど置かれている。半分ほど埋まった席には、スーツ姿や、同じように派手な服を着た男女が楽し気にグラスを傾けている。

バブリーはわたしをカウンターの一席に座らせると、自分は中へ入り、おしぼりとナッツの盛られた皿を出した。

「なに飲むぅ？」

「いえ、あの、実は、わたし最上階のクラブに用事が……」

「最上階？　最上階って、あの高級クラブ？　まさかと思うけど、面接？」

じろじろと頭からつま先まで見られる。

「あんたなんか無理よー。ぜーったい雇ってもらえないってば！」

ケラケラと笑われて、ふと気が付いた。すっぴんだし、髪はくしゃくしゃで生《は》え際《ぎわ》には白髪が目立つ。おまけにワンマイルウェアとも呼べないような、くたくたのスウェットに裏起毛のデニムパンツ。こんな小汚い恰好《かっこう》で明奈と対峙《たいじ》したら、笑い物になるだけだった。今さらながら冷静になり、わたしはため息をつく。

「じゃあ適当に強いお酒ちょうだい。ロックで」

「はいはーい」

鼻歌を歌いながら大きな氷を砕《くだ》き始めたバブリーに尋ねた。

「ねえ、明奈っていう子、知ってる？」

「その子が最上階のクラブで働いてるの？」

「そうみたい」

「知らないわねえ。ママなら知ってるかもしれないけど」

「ほんと？　だったらママに会わせて」

「なあに、あんたいきなり来てママをご指名するわけ？　大胆ねえ」

　バブリーはからかうように笑ったが、わたしが真顔なのをみて怯《ひる》んだ。

「ママはね、悪いけど今いないの」

「いつ戻って来るの？」

「さあ。あと一時間は戻らないと思うわ。ママは忙しいの。超がつくほどの売れっ子なんだから」

「じゃあ待ってる」

　目の前に、ウィスキーの注がれたグラスが差し出される。わたしはそれを、ちびりと飲みながら、あらためて店内を見回した。入ってきた時は気がつかなかったが、一番奥の壁に、クリスタルビーズをびっしり使って象《かたど》られた、大きな満月があった。その中央に、ブラックのラインストーンで飾られたアルファベットとカタカナが輝いている。

Marquee Moon　マーキームーン
　この店の名前なのだろうか。

　照明があたるたび、クリスタルの月が輝く。幻想的な美しさに見とれながら、わたしはどんどんウィスキーをお代わりした。

「あ、ママが来たわよ。ママー、こっちこっち！」

バブリーが、わたしの背後に向かって手まねきをする。振り向くと、扉の前に、すらりとした長身で、はっきりした顔立ちの美しい女性が立っていた。優雅に、品よく巻かれた長い髪。ふくよかなバストを強調するビスチエタイプのスパンコール・ドレスは、うろこのようにぴったりと全身を這《は》い、悩ましい腰のラインを際立たせている。

「いらっしゃい。初めての方ね」

猫のようなしなやかな動きで、ママが隣に座った。ふわりと良い香りが漂《ただよ》う。柔らかそうな胸の谷間が揺れて、目のやり場に困った。

「お名前は？」

「あ……涼子です」

「あたし、ルナ。よろしくね」

渡された名刺には黒地に満月の箔押《はくお》しがあり、その上にルナと印字してあった。あらためて間近で見ると、ママは本当に美しかった。日本人女性としてはかなり大柄だが、ハリウッド女優ならこれくらいの体格は珍しくないだろう。こうして隣にいるよりも、銀幕の中にいた方が違和感がない。

「ママ……上の『シャッフル』のことを聞きたいの。明奈って女、知ってる？」

「え？」

少し声のトーンが下がり、男性的になった。いぶかしげにわたしの身なりを眺《なが》め、床に置かれたキャリーバッグを捉《とら》える。

「やだ、ワケありなの？　トラブルは困るわ」

「トラブルっていうか……ただの家出娘よ」

「さすがに娘……って年ではないんじゃない？」

ママはくすくす笑いながら、バブリーからカクテルを受け取った。ママが「ありがと。ここはもういいわ」と言うと、バブリーは元気よく頭を下げて、他の席の客の接待のためにカウンターを出る。

「で？　明奈のこと、どうして聞きたいわけ？」

「夫と……浮気してるみたいで」

「夫？　あなたの？　なにかの間違いじゃない？　明奈はプライドの高い女よ。『シャッフル』のナンバーワンなの。悪いけどあなたの旦那《だんな》さん、普通の男でしょ？　相手にされるはずないわよ」

「知り合いなの？」

「このビルで働いてる子とは仲良くしてるの。新規のお客さまを紹介してくれるしね」

「でも、数時間前まで夫とホテルにいたことは間違いないの。それに今この瞬間も、夫は最上階にいる。夫に電話がかかってきて、いそいそと出かけたんだから。だから乗り込むつもりで追いかけてきたの。夫にビンタの一つでも食らわせてやろうって。でも、エレベーターの前で逡巡しているうちに、バブリーちゃんっていう子に捕まったのよ」

「行かなくてよかったわよ。あなたのそのカッコ、恥をさらすだけだわ」

「うん、今はよかったと思ってる」

わたしは素直にうなずいた。ママがウィスキーのお代わりを作ってくれ、またちびちびと飲む。ママは音楽に合わせて軽く体を揺らしながら、わたしの全身をじっと見つめている。

「んー、そうね……子供はふたり。男の子と女の子。中学生と高校生ね」

「どうしてわかるの？」

わたしが驚くと、ママはおかしそうにくすっと笑った。

「あなた、夫を追いかけて銀座に来たって言ったわね。ってことは大人のいない家に子供だけを残してきた。小学生だったらありえないわ。だからある程度は大きいはず。でも成人はしてない。してたら、夜中に突発的に夫を追いかけてくるほど、悩まないはずよ。子供への影響を考えて、せめて子供が二十歳になるまで、と離婚を踏みとどまる人は多いわよね。子供が十八歳以上なら、あとほんの数年を我慢すればいいだけだから、やっぱり突発的な行動はとらないわ。となると、成人するまでまだ何年もある——中学生か高校生ね。

で、あなたがカウンターに置いてるスマホのカバー。ソニックスっていうロサンゼルス発のブランドで、女子高生に人気があるの。あなたの服装や持ち物からすると、自分で選んだんじゃなさそう。てことはお子さんからのプレゼントね。でもこれ、確か七千円近くするのよ。女子高生のお嬢さんがひとりでプレゼントするにはきついかな。それに、高校生とはいえ女の子をひとり、真夜中に家に残しておくのは心配よね。ってことはもうひとり、男のきょうだいがいる。十六、七歳の女子高生がいるとすれば、もう一人の男の子は中学生でしょ」

「すごい……」

「あら、これくらいたいしたことないわ」

ママはつやっぽい唇に微笑を浮かべたが、ふと考えるように黙り込んだ。

「……あなたの旦那、清水《しみず》出版に勤めてて、まあまあの地位にいるんじゃない？」

わたしはあまりにも驚いて言葉を失う。

「うふふ、やっぱり、図星《ずぼし》だった？　あたし、作家志望なの。だから洞察力を日々養ってるのよ。ねえ、旦那さん出版社勤務なら、あたしの小説読んでくれないかしら。お名刺ないの？」

あっけに取られながら、わたしは緊急時用に持ち歩いている夫の名刺を一枚渡した。ママが目を見開く。

「清水出版、文芸部部長、沢辻菊雄《きくお》……思ったとおりね」

「ねえ、どうしてわかったの？」

「あなたの服装、そしてバッグからして、ぶっちゃけ、そこまで裕福とは思えない。なのに旦那が銀座のクラブ遊び？　しかも『シャッフル』は一流店よ。ありえないわ。ってことは経費で落ちる職業ってこと。でもこのご時世、そんな会社はなかなかない。マスコミくらいね。テレビマンの奥さんはもうちょっと派手な人が多いわ。だとしたら出版。この出版不況でもかなりの経費を使える会社は、爆発的に売れてるコミックのタイトルをいくつも抱えていて、映画化やアニメ化用の映像部門も持っている。となると清水出版しかない。その中で経費を使えるなら、それなりの地位にいるってことよ」

「……なるほど」

「まあ、悪いことは言わないから、今夜はここで飲んだら帰んなさい。乗り込んだって、なんの解決にもならないわ。それよりも大切なのは話し合い。真正面から、明奈のことをどう思っているか、聞けばいいじゃない」

「聞くまでもないの。年甲斐《としがい》もなく、真剣に惚れてるみたい。結婚生活十九年のわたしでさえもらったことのないブルガリをあげるくらいに。それに、甘ったるい、『愛をこめて』だなんて中学生のラブレターみたいな、ださいメッセージも添えてあった。恋で脳内お花畑になってるのよ。なんだかね、すごく残念だった。男らしくない。夫はわたしに対して、愛をこめて、なんて言ってくれたことないわ。普通は、もっと直球で表現してくれるものでしょ」

「ふうーん」

ママは長くて豊かな髪をかき上げた。

「でもさあ、あたしから見たら、あなただってそーとーイヤな女よ？　旦那と暮らしてて、子供が二人もいるのに、昔の男を引きずってるなんて」

ぎょっとして見ると、ママは余裕たっぷりに微笑んだ。

「うふふ、これも当たっちゃった？」

「ど、ど、どうして？　出版社や子供のことは、家庭の話を少ししたから推測できたかもしれない。だけど昔の恋人のことなんて、一ミリも――」

「甘いわ、あなた。あたしにはなんでもわかっちゃうのよ」

「でも――」

ママの目が正面からわたしを見据える。色素の薄い、琥珀《こはく》を閉じ込めたような瞳。本当にすべてを見透かすことのできる、千里眼なのではないか。

「あなたの旦那の話、聞いてる限りごく標準的な日本人男性よ。直球で愛を口に出す人の方が少ないでしょ。だけどあなたは、それが普通だと思っているのね。つまり……過去にそうしてくれた男を基準にして、比べている」

思わずハッとして、自分の口に手を当てる。

「現在進行形の恋愛がうまくいかないと、女の脳は過去形になるものよ」

「すごい格言ね」

だけど真実かもしれない。そしてこの格言に至るまでには、いくつもの幸せと涙があったに違いない。

「ママは、たくさん恋愛をしてきたの？」

「うふふ、さあね。だけどものすごく愛してるダーリンがいるわ」

羨ましいでしょ、とでも言いたげに、ママは挑戦的な視線でわたしを見つめた。

「で？　どんな人だったの、その昔の男は」

ママが頰杖《ほおづえ》をついて、聞く態勢に入る。わたしは堰《せき》を切ったようにカズトのことを話した。お互いにスポーツ推薦で入った大学で出会ったこと、肩を壊して野球をあきらめなくてはならなかったこと、自棄《やけ》になってすさんだ生活を送る中で文学に光を見出《みいだ》したこと、そして国語の教師を目指していたこと――

「そう。彼は文学に救われたのね。あたしも文学に救われたから、よくわかるわ」

「そうなの？」

「ええ。自分が男なのか女なのか、愛せるのは異性なのか同性なのか、物心ついた時から悩んできた。自分の存在がいやだったし、消えたかった。そんな時に三島由紀夫《みしまゆきお》、オスカー・ワイルド、ジャン・ジュネの作品に出会ったの。文学がなければ、あたしはきっと、死んでいた」

「そっか……」

「だから自分でも書きたいと思ったのよ。救い、癒《いや》し、知識を与え、指針を示してくれる。文学には、力があるわ。そしてあたしも、力を与える側になりたいの」

「ママはこんなに素敵なお店を持ってるのに、さらに大きな夢があるのね」

「うふふ、そうなの——って、ごめんなさい、話をさえぎっちゃったわね。で？　どうして別れたわけ？」

あの日を思い出すのは、ガラスの破片を吐《は》き出すような痛みを伴う。それでもわたしは、ママに聞いてほしくて語り始めた。


大学四年生の六月をまるごと、カズトは地元の大阪で教育実習をして過ごした。その間、わたしは東京でリクルートスーツに身を包み、汗だくになりながら就職活動をしていた。第一希望は実業団だったが、なかなか声がかからなかったので、スポーツ用品メーカーやスポーツ施設をメインに回っていたのだ。

すでにわたしたちは、結婚することを前提にライフプランをたてていた。カズトもわたしも首都圏で就職し、お互いの通勤に便利なところに家を借りること、猫を飼うことなどを決めていた。

付き合い始めてから四週間も離れるのは初めてだった。さびしかったけれど、実習はかなりハードらしく、毎晩遅くまで準備し、朝は早くから出勤しているようだったので、電話も控《ひか》え、わたしは自分の就職活動に集中していた。

七月になり、やっとカズトが東京に戻ってくることになった。いつ電話があるかとうきうきして待った。だけどカズトからいっこうに連絡は来ない。留守番電話にメッセージを残してもコールバックはなく、アパートへ行ってもいつも留守だった。何度も何度もメッセージを残し、やっと彼のアパートで会えた時には、すでに七月も後半に差し掛かっていた。

「実はさ」二ヵ月近くぶりに会ったカズトは、言いにくそうに口を開いた。「俺、大阪に戻ることになったんだ」

「え」

「話したことあるよね、うち、小さいけど会社やってるって。親父《おやじ》が体を壊したもんで、卒業したら継げって言われた。俺、長男だから」

実家がそんなことになっていたとは知らなかった。いろいろ大変だったのだろう、カズトは東京を離れる前より疲れた表情をしていた。

だけど予想もしていないことだった。実家がいろいろな商売をしていることは聞いていた。共通の友人が「あいつ、大阪のボンボンだよ」と話すのも。だけど両親はまだまだ若いはずで、この時になるまでカズトがそれを担う可能性を考えなかった。

「じゃあ、国語の先生は……？」

カズトは黙り込んで、泣きそうな顔をしていた。教えるのが夢だと、あんなにキラキラした目で語っていたのに。

「それなら、わたしも大阪で就職する」

「え」

カズトが驚いたように目を見開いた。喜んでくれると思ったのに、そこにはただ驚愕《きょうがく》と戸惑《とまど》いがにじんでいるだけだった。

「あ、いや、それは……嬉しいけど」

眼《め》が泳いでいる。

「でも、知らない土地で就職なんて大変だろ？」

「カズトがいてくれるじゃない。っていうか、カズトは、わたしと離れ離れになってもいいの？」

「よくないけどさ……」

と言いつつも煮え切らない。

「カズトがついてきてって言ってくれたら、わたし迷わないよ」

しかしカズトはふたたび黙り込み、それきり口をきかなかった。嫌な予感がした。カズトの気持ちが離れている。父親の病気や会社を継ぐというのは、ていのいい言い訳なのではないか。教育実習で離れていた四週間に、何かがあったのではないか――

明らかに乗り気でないカズトに一週間後に会う約束をさせて、わたしは家へ帰った。すぐにわたしは関西の企業から資料を取り寄せ、せっせとエントリーシートを書いて送った。どれだけカズトに対して、そして関西に拠点を移すことに対して真剣かをわかってほしかった。

一週間後、カズトが待ち合わせに指定してきたのは、高級ホテルのティーラウンジで、しかも個室だった。学生のわたしたちは、コーヒーが一杯二千円近くもするような場所で会ったことはない。ますます嫌な予感は膨らみ——それは的中した。

案内された個室で、カズトの隣には可愛らしい女性が座っていた。わたしを見ると、彼女は弾《はじ》かれたように立ち上がり、ていねいなお辞儀をした。身長百七十六センチもあるわたしを威風堂々として好きだと言っていたくせに、彼女はせいぜい百五十数センチしかなく、わたしが絶対に着ないようなふんわりしたピンクのワンピースを着た、とても華奢《きゃしゃ》な女性だった。

まだ何を言われたわけでもないのに、すでにわたしの心は打ちのめされていた。カズトの向かいに座ったが、カズトはわたしと視線を合わせようとしない。

「説明……してくれる?」

わたしが促《うなが》すと、やっとカズトは顔をあげて申し訳なさそうに口を開いた。

「実は、彼女と結婚することになって」

ぎゅうっと心臓を掴《つか》まれた気がした。息ができなくなり、視界もぼやけて見えなくなった。水中に顔を押し付けられたような心地がした。

「どうして……だって、結婚、わたしと、するって」

過呼吸になりかけ、あえぎながらも、やっとそれだけ言った。

「ごめん」

カズトが頭を下げると、彼女もそれにならった。そこからは、何を言われても耳をすり抜けていった。

子供の頃からお互いを知っていて――

親の取引先のお嬢さんで――

教育実習で大阪にいるうちに、恋愛対象として意識するようになって――

彼女が親父の看病や世話もしてくれて――

親父を安心させてやりたくて――

彼女はうちの会社の勝手もわかってるから――

ひととおりの説明が終わると、また沈黙がおりた。

隣の女性は神妙にしているものの、妻になる幸福感で輝いているように見えて、わたしだけが世界で一番みすぼらしく、みじめに思えた。

「こんなにすぐに、心変わりできるものなの?」

「……ごめん」

カズトは情けなく背を丸め、ただ謝るだけだった。

カズトって、こんな人だっけ。

わたしを愛してるって、わたしだけを見てくれるって言ってたのに……

「やっぱり納得できない。心変わりは悲しいし悔しいけど、人間だからあるかもしれない。だけどたったの四週間で、どうして結婚まで決めちゃうの?　急すぎるよ。ちゃんと見極める時間を――」

カズトと女性が、困ったように目を合わせる。その時、ハッと気がついた。結婚を急がなくてはいけなくなった理由――そんなもの、ひとつしかないじゃないか。

――子供だ。

わたしは彼女のふんわりとしたワンピースをあらためて見る。まだお腹が目立つ時期であるはずはない。けれども彼女からは妊婦特有の、気だるげだがまろやかな雰囲気を感じ取った。

わたしがあまりにも彼女の腹部を凝視するので、二人ともわたしが気づいたことを悟ったようだった。カズトがおもむろに立ち上がって、深々と頭を下げた。

「本当に悪かった。俺は涼子を裏切った。許されないことをしてしまった。申し訳ない」

そしてカズトは顔をあげた。その目は切なげに潤《うる》んでいた。


わたしの話が終わると、ママは「ふうん」と髪をかき上げた。

「ねえ、どう思う?」

「どうって……ただの最低な浮気男じゃない」

「でもね、よく考えたら、わたし、何ひとつはっきりと問い詰めなかったの。勝手に浮気したと思い込んじゃったけど、違ったかも」

「はあ?　あなたおめでたいわね。子供ができたんでしょ。浮気したに決まってるじゃない」

「でも子供のことも、はっきり聞いたわけじゃないから」

「いやいやいやいや、完璧にそうだって」

「だったら子供ができちゃったから責任を取ることになっただけで、本当は愛してなかったのかも。家族ぐるみの付き合いだし、逃げるわけにはいかないから、結婚することになったとか」

「冷静になりなさいよ。体の関係があった時点で裏切られてるのよ。そんな男、信用できないでしょ」

「お父様が体を壊して、先行きが不安になって、取引先の娘との結婚を推し進めた。だけどカズトは、本音では結婚したくなかった。逃げたかったのよ」

「あなたの都合のいい妄想よ。そんな男、別れて大正解だってば」

「だけど、すごく寂しそうな眼をしてた」

「じっさい寂しかったんでしょ。男は同時に何人でも愛せるから。あわよくば、あなたのことも手放したくなかったのよ」

「そうかなあ」

「そうよ」

「でも……忘れられないのよ」

わたしがそう言うと、ママは困ったように目線をこちらに向けた。

「理屈じゃないの。ずっと頭から離れない。ママには、そういう人、いない？」

ママは少し考え、

「……いるわね」

と囁《ささや》くように答えた。

「確かに、どんな仕打ちをされようと、嫌いになれない男は存在するわ。困ったことに」

ママは小さくため息をつくと、カクテルに口をつけた。

「ま、だからといって、そのカズトとやらは、今のあなたの人生には全く関係ない。さあ、もうそれを飲み終わったら帰んなさい。今日はサービスしておくから」

「今でもよく考えるの。カズト、今頃どうしてるんだろうって」

「時間の無駄」

「わたしがもっと勇気を出してぶつかれば、状況は変わっていたかもって」

「どうせまた浮気されて泣いてるわよ。あなたにとって一番いいのはね、カズトなんて男のことは忘れて、今の旦那さんとしっかり向き合うこと」

「いや。不倫夫となんか向き合いたくない」

「あーもう、酔っ払いってやあねえ、話が通じないんだから」

「会いたい」

「早く帰りなさいってば」

「帰りたくない。わたし、大阪へ行く」

「は？　なに言ってるの」

「そうよ。大阪へ行って探すの、カズトを。こんな気持ちのまま、家に帰れない」

「探すって……ご実家の場所、知ってるの？」

「知らない」

「社名とか」

「さあ」

「他に心当たりは？」

「全くない」

「全くって、あなたねえ……」

ママはがっくりとうなだれ、今度は大きなため息をついた。

「――でも確かに、このままじゃああなたは前に進めなそうねえ……」

頭痛をおさめるようにしばらく手で額を押さえた後、ママが言った。

「だったら、あたしも行くわ」

今度はわたしが驚く番だった。

「え⁉」

「ついていってあげる。面白そうだから。冴《さ》えないアラフォー女が、昔の恋人を探す旅に出る――なかなかユニークなテーマだわ。良い作品が書けそうな気がする」

「ちょ、ちょっと待ってよ。人の人生、勝手にネタにしないで」

「あら」

ママは心外だというように鼻を鳴らした。

「覚えてるでしょ、さっきの、あたしの鋭い洞察力と推理力。あたしが一緒なら、百人力よ」

ママは妖艶《ようえん》なしなを作り、長いまつげでうふんとウインクしてみせる。

そうだ。

この人と行けば。

本当にカズトを探し出せるかもしれない……。

「どう？　あたしを連れて行く気になった？」

わたしは吸い寄せられるように、ママに向かって右手を差し出した。ママは優雅なしぐさでわたしの手を取って握手をすると、

「女ふたりの『暗夜行路』ってとこかしら」

と微笑んだ。

「あんやこうろ？」

「小説の神様と呼ばれる志賀直哉《しがなおや》の代表作よ。不倫にまつわる苦悩の物語でもあり、人生を見つめ直すために東京から下る旅路の物語でもあるから、つい連想してしまったわ」

「あんやって、暗い夜ってこと？」

「ええ。先が見えず、どこへ行き着くかわからない――どう、あたしたちの旅にぴったりだと思わない？」

確かにそうかもしれない。わたしが頷《うなず》くと、ママはカウンターの内側に回ってフルートグラスを二脚取り出し、シャンパンを注いだ。

「では乾杯。あたしたちの『暗夜行路』に」

グラスを合わせると、高く澄んだ音が空気を震わせた。

第一話

「曽《そ》根《ね》崎《ざき》心《しん》中《じゅう》」

スピーカーから流れるアナウンス。電子音のチャイム。

目を開けると、明るい光がさしこんできた。バーのいかがわしい薄暗さを予想していたわたしは、反射的に目をつぶる。

靴音、話し声、何かを引きずる音なども耳に入ってきて、少しずつ頭がはっきりしてくる。再びゆっくり目を開けると、停止している白い列車の車体が目に入った。それから荷物を持って行きかう人々。ようやく新幹線ホームのベンチに座っていることが把《は》握《あく》できた。スマホで時刻を確認すると午前五時四十五分となっている。

頭を動かすと、鈍《にぶ》い塊《かたまり》が詰まっている感じがした。足元にはちゃんとキャリーバッグが置いてある。コートのポケットを探ってみると、のぞみ一号の乗車特急券が入っていた。わたしはあれからどうにか店を出て、どこかで着替えて、東京駅まで来て、新幹線の切符を買ってここまで辿《たど》りついたようだ。

表示によると、目の前に停車しているのがのぞみ一号だ。午前六時発となっているが、すでにゲートもドアも開いており、何人かは乗り込んでいる。

「おはよう」

声をかけられて振り向くと、すらりと背の高い人物が見下ろしている。豊かな長い髪をなびかせ、黒いレザーコートをひるがえし、スタイリッシュに黒いレザーパンツを着こなしている。

「ホットでよかった?」

両手に持った缶コーヒーの、片方を渡してくれる。

「……もしかして、ママ?」

「やあね、やっと酔いがさめたの?」

ママは呆《あき》れたように言いながら、隣に座る。

「それ私服?」

「そうよ」

「なんでこんなレザーのファッションが似合うの。かっこよすぎるよ。『マトリックス』みたい。いや、宝塚《たからづか》の男役かな」

「やだ、あなた、めちゃくちゃお酒臭い。ほらコーヒーのんで」

かなりアルコールを飲んだはずだが、二日酔いになっていないのは奇跡だ。ママが濃さを調節したり、しょっちゅう水を飲ませるなど、コントロールしてくれていたのだろう。熱いコーヒーをすすりながら、かすんだ頭で、ここに至るまでのことを思い出してみる。早朝まで店においてもらい、荷造りしにいったん戻ると言うママを待ち、タクシーで一緒に東京駅まで来た。

そうだ、これからわたし、本当に大阪へ行くんだ——

コーヒーをのんで頭がすっきりしたところで、荷物をもって乗り込む。席に着くと、ママはタブレットを取り出した。ちょうど発車のベルが鳴り、車体は滑るように動き出す。

「さあ、移動時間も無駄にしないわよ。調べられるだけ調べましょ。まず、カズトのフルネームを教えて。田中《たなか》や鈴木《すずき》だったら、あたし叫んじゃう」

わたしが固まったので、ママが眉《まゆ》を寄せる。

「やだ、まさか田中か鈴木なんじゃないでしょうね」

「ではないんだけど……佐藤《さとう》なの」

「佐藤!!」

ママが思わず大声をあげ、慌てて声を落とした。

「んもう！　どうしてよりによって……ああもう！　で、カズトはどういう漢字？」

「平和の和に、人」

「佐藤和人、と」ママはタブレットに打ち込みながら、ため息をつく。「大阪市に、いったい何人いるのかしら」

いくつかのSNSで検索すると、大阪市在住の佐藤和人は二十名程度いた。顔写真を載せている人で、明らかに違うのが三名。残りは写真もプロフィールも非公開だった。

「この人たちに地道にメッセージを送って、友達承認してもらおうか。まあ、そもそもSNSやってるかわからないし、やっていても本名を登録してるとは限らないけどね。でもやっぱり、人を探そうとするとSNSくらいしかないのよね」

と、どこからかホ〜ホケキョ、と、優雅なさえずりが聞こえてきた。

「あら、ダーリンからラインだわ」

「まさか……今の、スマホの着信音？」

「そ。癒されるでしょ」

ママは声を弾ませながら、指先で画面をタップする。

「ダーリンいわく、『昔の人を探したければ図書館に行くといい』ですって」

「図書館？」

「『過去の電話帳が所蔵されている。特に探している方のご実家がご商売をしていたのならタウンページも参考になると思う』……さすがダーリンだわ。あたし、ネットしか思いつかなかった」

なるほど。公衆電話もほとんど消えた今、電話帳の存在なんて忘れていた。

「『大阪市の図書館に電話で問い合わせたところ、西区《にし》にある中央図書館にて大阪市内各地域の過去の電話帳を所蔵しているとのことなので、中央図書館へ行って調べるといい』……ああ、やっぱりダーリンって天才」

「なるほど！　さすが」

「となると、ホテルはどこがいいかしらねえ。どこに行くにも便利なところ……あら、やだ」

宿泊予約サイトを一括で検索したママは、眉を寄せた。

「どこもいっぱいじゃない」

「ああ……冬休みシーズンだから。クリスマス近いし」

「困ったわねえ、超高級なお部屋しかあいてないわ。いくらダーリンが払ってくれるって言っても、あんまり高いと申し訳ないし」

「え、ママのダーリンが払うの？」

「うふ、そうよ」

　ママは誇らしげにウインクした。

「ちょ、ど、どーして⁉　関係ないのに」

「言ったでしょ、ダーリンはあたしのためならなんだってしてくれるの。あなたが酔いつぶれてからすぐに電話して、明日から大阪に行くって言ったら、全額出してくれるって」

「全額……？　じゃあ新幹線代も？」

「そうよ。電話を切ったらすぐ電子マネーを送金してくれて、それであたしとあなたのチケットを買ったんだから」

「で、でも、さすがにわたしの分までは」

「いいのよ、甘えておけば。ダーリンにとって、あたしは超がつくほど大切なの。あたしのためなら、なーんだってしてくれるんだから」

　うっとりするような微笑を浮かべる。こんなに信頼し合っているカップルっているんだ――ママとダーリンの仲が羨ましくなった。

「だからといって、厚かましくグリーン車に乗ったり高級ホテルのスイートルームに泊まったりなんかはしないの。親しき仲にも礼儀あり。まあ、そういう奥ゆかしいところが素敵だって、あらためてダーリンには褒められちゃうんだけど」

言葉の中や語尾にハートマークの絵文字がちりばめられていそうなお惚気《のろけ》を平気でのたまいながら、ママはどんどん画面をスクロールしていく。

「あ、ここがいい！」

突然、ママが目をきらめかせた。どれどれとモニターを覗《のぞ》き込んでみると、そこにはシャンデリアが輝き、ボルドー色の壁に囲まれた部屋の画像があった。部屋の中央では、大きくて丸いベッドが存在感を放っている。「設備」の欄にはカラオケ、ジェットバス、とある。よもやと思いながら画面に目を走らせると、「ホテル　ふたりのブルーシャトウ」という屋号が目に入った。

「ちょっと待って、これ、ラブホテルじゃないの？」

「そうみたいね。きっとこれ回転ベッドよ。風営法の関係で、もう置いてあるホテルは少ないの。超貴重だわ！」

ママは大興奮している。

「ここに泊まるわけ？　わたしと？　ママで？」

「いいじゃない」

「え、いや、だって、回転ベッドで、わたしたちふたり？」

「いいでしょ、女同士なんだから。昭和のノスタルジー香るラブホテル、そして回転ベッド。これ以上のステイ先は考えられないわ。まあ、お風呂も広い」

バスルームは自宅のものの三倍はありそうで、湯船も大きかった。しかもジェットバス。確かに惹《ひ》かれる。

「ラブホって女同士でも泊まれるの？」

「ここは歓迎って書いてあるわ。連泊もOKだって。今はラブホで女子会も流行ってるんだから」

「女子会？　まさか」

「あら知らないの？　防音は完璧だしカラオケは歌い放題、フードもドリンクもすぐ持ってきてくれて、酔っぱらったら雑魚寝《ざこね》できる——最高じゃない」

「そっか……確かに」

世代的にラブホテルは恥ずかしいもの、行くことを知られてはいけないところ、出入りする人も見ぬふりをせねばならない、と思い込んでいたので、目からうろこだった。

「わたしも、ちょっと楽しみになってきた。だったらもっと、他のところも見て比較してみない？」

わたしがそう言うと、ママが右手の人差し指を立てて左右にチッチッチ、と揺らした。

「だーめ。ここに決定」

「どうして？　回転ベッドだから？　他にもあるかもよ」

「やだわ、あたしが回転ベッドだけでこのホテルを選んだと思ってるの？」

あの喰《く》いつき方を見たら、誰でもそう思うだろうけど。

「このホテルには重要なポイントがあるのよ——なんと、曽根崎にあるの！」

ママは「どや！」と言わんばかりに、つんと形のよい顎《あご》を上に向けた。しかしわたしが無反応なのを見ると、

「曽根崎よ？」

と繰り返した。

「いや、それがどうしたの」

わたしの反応の薄さに、ママは芝居《しばい》がかったように肩を落とす。

「そっか。文学に興味のない人にとっては、テンションあがらないわけだ」

「曽根崎って場所が、文学と関係あるわけ？」

「大ありよ！『曽根崎心中』って聞いたことない？」

わたしの頭の中に、かなり昔の国語の教科書がぼんやりとよみがえる。確かに、習った気がする。

「ああ、ええっと、近松門左衛門《ちかまつもんざえもん》……だっけ」

「その通り！」

「教科書に、人形の写真も載ってた気がする」

「そうそう、浄瑠璃《じょうるり》ね。すごーい、涼子、しっかり覚えてるじゃない。浄瑠璃の後、歌舞伎《かぶき》にもなった。超大ヒット作よ」

ママが胸の前で小さく拍手する。

「近松作品、しかも代表作の舞台に泊まれるなんてわくわくするじゃない？　だから、もう絶対に、このホテル！」

「ひょっとして実際にあったお話なの？　創作じゃなくて」

「ええ、そうよ。曽根崎は、まさにふたりが心中したところ」

「わたし、物語の実際の現場に行くなんて初めてかも」

「あら、東京にだってあちこちあるのよ。知らないうちに、きっと訪れてるわ」

「意識したことなんてなかったから。でも確かにわくわくするね」

「ね？　だからどうしてもここがいいの。いいでしょ、予約しても」

ママはきれいにジェルネイルを施された指先で数回タップし、「予約完了！」と満足げに言った。

「曽根崎心中って、どんなストーリーだっけ」

習ったはずだが、全く覚えていない。心中というからには身分違いの男女が死んだのだろうということは想像がつくが、どんな人物で、どんな仕事をしていて、どういう原因で心中するに至ったのか、白紙状態だ。

そんなわたしに、ママはよくぞ聞いてくれた、とばかりに、話し始めた。

時は元禄《げんろく》。曽根崎に、醬油《しょうゆ》屋で働く徳兵衛《とくべえ》と天満屋《てんまや》で働く遊女・お初《はつ》がいた。ふたりは将来を誓い合う仲だった。だが店の主人は徳兵衛を自分の妻の姪《めい》と結婚させたがり、徳兵衛の継母《ままはは》に大金を渡して話を通す。それを知った徳兵衛は継母の家に行き、主人に返すために大金を取り戻した。が、徳兵衛はその大金を、親友の九平次《くへいじ》に頼み込まれて貸してしまう。

しかし九平次は金を返さない。それどころか徳兵衛が店の金を使い込んだと町中に言いふらす。徳兵衛は追われる身となり、天満屋でお初にかくまってもらう。

お初は、現世で無理なら、あの世で夫婦になろうと徳兵衛を説得する。そしてふたりは曽根崎の森で心中を果たした。この時、お初、十九歳。徳兵衛、二十五歳であった――

「そんなに若かったんだ、ふたりとも」

「お初は、実際は二十一歳だったらしいけどね。近松が十九歳という設定にしたのは、厄年《やくどし》だからと言われているわ。徳兵衛の場合は、実際に二十五歳が厄年だったから変更されなかったみたい。まあ二十一歳だって、若すぎることには変わりないけど。

だから当時、ものすごくセンセーショナルな心中事件だったのよね。それが大坂旅行に来ていた近松門左衛門の耳に入り、インスピレーションを得た近松は、一ヵ月で『曽根崎心中』を書き上げて上演した、というわけよ」

「その時のホットニュースを題材にして一ヵ月後には上演してたってこと？　すごいバイタリティね」

「でしょ？　それで大ヒットさせちゃうんだもん。そして現代にいたるまで三百年以上も語り継がれるロングセラーでもある。だからあたし、近松を超リスペクトしてるのよ。彼の先見の明と、作品に対する貪欲《どんよく》さ――作家にとって、一番重要な要素だわ」

「なるほど」

「それに、それまでは浄瑠璃って時代物オンリーだったんだけど、『曽根崎心中』で市井の人々の生活や恋愛、風俗を描いたことで〝世話物〟という新しいジャンルを確立したの。そういう意味でも『曽根崎心中』はすごい作品なの。いろんな意味においてパイオニアよ。あ、あやかりたい」

ダーリンのことを語るのと同じくらいの熱量で、ママは続けた。

「その後にも『心中天網島《しんじゅうてんのあみじま》』や『冥途《めいど》の飛脚《ひきゃく》』という作品を書いたらヒットして、〝心中もの〟が大流行したの。でも現実でも心中する男女が増えてしまって、江戸幕府が心中ものの執筆と上演を禁止したくらいだったのよ」

「それほど影響力がすごかったってことなんだ」

「ただ、そこは微妙なのよね。実際に心中事件があったからこそ近松は『曽根崎心中』を書いたわけでしょ？　つまり近松の作品が心中を誘発したわけじゃなくて、もとはといえば先に心中が流行っていたからこそ近松が作品を書いたんだって、真逆の説もあるわけよ。『心中と近松、どちらが先か問題』ってあたしは勝手に命名してるんだけど、実際には断定しがたいわよね」

「ああ、確かに。真逆の説も成り立つよね」

いずれにしても、現代のようにテレビも映画もない時代に、実際の情死事件——しかも起こったばかりの——を題材にした浄瑠璃は、当時の民衆の熱狂を誘ったことだろう。

十九歳といえば、娘の芳香とそう変わらない。当時は寿命も短く結婚も早かったから総じて早熟だったとしても、まだまだ子供だ。ふと電話をかけてきた大学生の男を思い出す。わたしからすればふたりとも危ういほどの子供で、そんなふたりが現世で一緒になれなければ死ぬ、などと思い詰めたらと思うとぞっとした。

新大阪に到着すると、ママは颯爽《さっそう》とホームに降り立ち、キャリーバッグを勇ましく引きながら、迷いのない足取りで在来線への乗り換えへ向かった。

「曽根崎の最寄り駅は、大阪駅なんだって。新大阪から、たったの一駅よ」

到着までにすっかり行き方を覚えたのだろう、ホームがいくつもある新大阪駅で、ママは迷うことなく十五番・十六番線のホームへたどり着いた。
「そういえば、わたし大阪に来たら梅田《うめだ》駅周辺に行ってみたいって思ってたんだ」
かなり前に見たテレビ番組で、ファッションの街、グルメの街として梅田が紹介されていたのだ。
「まさに今から行く場所よ」
「大阪駅じゃないよ、梅田駅だよ？」
「大阪駅イコール梅田イコール東梅田イコール西梅田イコール大阪梅田、らしいわ」
「は？　なにそれ」
「あたしもさっき知ったのよ。ダーリンが、迷わないようにってメールを送ってくれて。これ、全部同じ駅なんだって」
ママがスマホ画面を見せてくれる。
JR　大阪駅
阪急電鉄《はんきゅうでんてつ》　大阪梅田駅（旧・梅田駅）
阪神《はんしん》電車　大阪梅田駅（旧・梅田駅）
地下鉄谷町《たにまち》線（むらさき色）　東梅田駅
地下鉄御堂筋《みどうすじ》線（あか色）　梅田駅
地下鉄四《よ》つ橋《はし》線（あお色）　西梅田駅
「きゃー！　ややこしい！」

「本当よね」ママは笑う。「でも実は、あたしも梅田駅に行ってみたいと思ってたの。阪神電車と阪急電鉄の両方」

「ママって鉄道も好きなの？」

「ううん、鉄分ゼロ。だけど谷崎潤一郎《たにざきじゅんいちろう》の『卍《まんじ》』っていう作品の中で、主人公の園子《そのこ》が阪神線の梅田駅を経由して学校へ通ったり、阪急線の梅田駅では光子《みつこ》っていう恋人と待ち合わせて、そこから宝塚へ行ったりするの。なんだか華やかで、憧れてたのよねえ」

「ん？　園子と光子？　恋人って……」

「そう。女性同士の恋愛関係よ」

驚くわたしに、ママが続ける。

「光子は男性とも付き合えるから、両性愛者なんだけどね」

「ずいぶん自由なんだ」

「そう、自由。自由で妖《あや》しくて耽美《たんび》な物語。こういう恋愛があってもいいんだって、示してくれた。『卍』も、あたしを救ってくれた小説のひとつだわ」

そんな話をしているうちに、電車が入線してきた。乗り込むと、ついにカズトのいる街に来たのだと急に実感が襲ってきて、ごくりと唾《つば》をのんだ。この電車に乗り合わせる可能性だって、ゼロではない。当然ながら、東京にいる時よりも偶然会える確率は、たとえもともと僅《わず》かであったとしても、少しは上がっている。

そう考えると妙に緊張してきて、つい車内を見回してしまった。四十歳を過ぎたカズト。どんな風貌になっているか想像はつかないが、身長が百八十五センチもあれば目立つだろう。そして車内には、そこまで大きな人はいなかった。

なんとなくホッとして、小さく息をつく。

わたし自身はどうなのだろう。

二十二年前から、ものすごく変わっただろうか？　それとも変わらない？　会えば、すぐにわかってもらえるだろうか——

「さあ着いたわ」

大阪駅に到着し、ママに促されて降車した。降りる人も多ければ、ホームにあふれている人も多い。さすが大阪の中心だ。

人波に押されるがまま、わたしたちは中央改札口から出た。そこにも人、人、人だ。

「ええと、ここからは……と」

ママは素早く案内看板を見つけると、「阪神線はこっちよ！」と速足で歩き始めた。ＪＲの中央口改札から阪神線の大阪梅田駅はすぐで、ママは駅の入り口を何枚か写真に収めると、今度は颯爽と阪急線へと向かった。

阪急梅田駅の三階改札口へエスカレーターであがると、ずらりと自動改札機が並んでいた。その向こうにはだだっぴろいホーム全体が見渡せる。

「十面九線もあるのよ。日本最大規模らしいわ」

ママが説明してくれた通り、えんじ色のおしゃれな電車が何線も並んでいるさまは圧巻だった。ホームの床はタイルではないのに、なぜだか黒く、濡《ぬ》れたように光っている。特殊な素材なのかもしれない。

「光子と園子は、どのへんで待ち合わせてたのかしら」「どんな服装だったんだろう」「あ、あれがデートに使った宝塚行きの電車ね！」

スマホのシャッターを押すママは明らかにはしゃいでいて、思わず「文学スポット巡りに来たんじゃないんだけど」と言いたくなったけれど、よく考えたら旅費を払ってもらっているので、まあいいか、と水を差さずにおいた。ダーリンとやらも、こういうことを見越して、わたしの分の旅費をもつことにしたのかもしれない。

「『卍』も実際にあったお話なの？」

「ううん、あれは創作」

「そっかあ、ちょっぴり残念」

「だけどあたしにとっては存在するのよ。園子も、光子も」

黒光りするホームを見渡すママの目には、きっとふたりの美しく若い女性が見えているのだろう。

「さ、次はいよいよ曽根崎ね。近松があたしを待っている！」

たっぷり写真を撮り終えたママは満足げにスマホをバッグにしまうと、地上へのエスカレーターを降りて行った。

「まだ大阪に着いたばかりなのに、すでに文学スポット三ヵ所目なんて素敵すぎない？　あー大阪って最高！　やっぱり来てよかったわ」

ママはご機嫌な足取りで、曽根崎に向かっている。大阪梅田駅から十分ほど歩いた頃、

「お初を発見！」

と、突如ママが前方を指さした。見ると、商店街らしきアーケードがあり、そこに文楽《ぶんらく》人形風のお初が描かれている。「曽根崎お初天神通り《てんじんどお》」という文字もあった。

「すごいすごい、もう曽根崎に着いちゃった。ああ、この地を、お初と徳兵衛も歩いたのね」

ママはかみしめるように、一歩一歩、足を進める。まさかお初と徳兵衛は、自分たちが文楽の題材になり、大ヒットし、しかも三百年以上たっても認知されているなど夢にも思わなかっただろう。この空の下に、かつて実際にふたりが存在し、命がけの恋をしたのだと思うと、これまで文学に興味のなかったわたしでも確かに感慨深かった。

ママはアーケードのお初を写真に収めてから、商店街に入った。

「この商店街が参道なんだって。ここをまっすぐ行けば、露天《つゆのてん》神社、つまりふたりが心中した場所に着くの」

「この商店街が、参道が、まさにふたりの死出の旅路だったってことね」

「そう。ちょうどホテルへの通り道にあるから、チェックイン前にお参りしない？　ふたりにあやかった恋愛のパワースポットらしいわよ」

「だったらカズトと早く会えるようにお祈りしたい」

商店街を突き進むと、神社への入り口らしき石畳があらわれた。露天神社、と赤く染め抜いたのぼりが、何本もはためいている。

入ってみると何基も連なる赤い鳥居、そして大きな石碑が目に入った。石碑には「未来成仏疑ひなき恋の手本となりにけり」と刻印されている。想像よりも小さな神社で、オフィス街の一角にあるからか、土曜日の午前九時の時点で、わたしたち以外誰もいない。

「恋人の聖地、大阪の三大パワースポットのうちのひとつだって」

ママが案内板を読みあげた。

「あ、お初と徳兵衛のブロンズ像があるよ」

若い男女がよりそって椅子《いす》に腰かけた可愛らしい像だ。社殿だけでなく、ここもお参りスポットになっているらしく、賽銭《さいせん》箱が備え付けられている。

「わあ、ハート形の絵馬。珍しいね」

柵《さく》のようなものがあり、そこにおびただしい数のハート形の絵馬《えま》が吊《つ》り下げられている。風が吹くと軽い音をたてながら一気に揺れ、壮観だった。早速、わたしも社務所で一枚買ってみる。

カズトと早く再会できますように、と社務所で借りたサインペンで書き、他の絵馬との隙間に組紐《くみひも》でくくりつける。恋愛成就の願い事が多いが、推《お》しアイドルが幸せになるようにという女子高生の祈りだったり、金婚式まで仲良くいられるようにという夫婦の願いなどがあり、こちらまで心が和《なご》む。

ハート形の絵馬の先を見れば、別の種類の絵馬も飾られていた。「美人祈願の絵馬」と銘打ってある。

「ママ、見て見て、こんなのがある」

絵馬には日本髪を結った女性の輪郭《りんかく》のみ印刷されており、自分で理想とする目鼻口のパーツを描き入れる。そうすれば理想の美人になれるということらしい。

「ユニークな絵馬もあるのね。でもあたしは買わないでおくわ。これ以上美しくなったら争いが起こるもの」

しれっと言いながら、ママはハート形の絵馬をくりつけている。

「なんて書いたの？」

「『ダーリンとずっと尊敬しあえる関係でありますように』って」

ちょっぴり自慢げな口調だった。ママとダーリンとは恋だの愛だのを超越した関係なのだとあらためて羨ましくなる。

絵馬を奉納《ほうのう》した後は、社殿にお参りし、神妙にカズトのことをお願いした。しつこいほどお願いした後、目を開けると、ママはまだ手を合わせて目を閉じていた。やはりダーリンとのことを祈っているのだろうか。その神妙な横顔は朝陽《あさひ》に照らされ、凛《りん》として美しい。思わず見とれていると、ママがゆっくりと目を開け、こちらを向いた。

「さ、行きましょ」

ママとわたしは露天神社を出た。そびえたつオフィスビルが連なっているかと思えば、古びた小さな雑居ビルも並び、細い路地がある。いろいろな時代を一ヵ所に詰め込んだような、ちぐはぐだけど味のあるエリアだ。週末のオフィス街なので、本当に人がいない。

「ホテルはこっちかしら」

ママがスマホのナビを見ながら、路地へと入っていく。が、入り組んでいてどこへ出るかわからない。右に曲がったり、左に曲がったりしているうちに、雑居ビルの合間の、うすぐらい突き当りに出た。

あ、とママが立ち止まる。人がいたからだ。

錆《さ》びたベンチがあり、手をつないだ男性と女性が、互いにもたれるようにして座っている。平日ならここは喫煙エリアで人が集まるのだろうか、アルミ缶で作られた灰皿がいくつかあり、地面にはたばこの吸い殻がたくさん落ちていた。きれいとは言えない場所で、女性の着ているショッキングピンクのダウンコートだけが真新しく目立っている。

ふたりとも二十代後半といったところだろうか。まるでつい先ほど見たお初と徳兵衛のブロンズ像のように、仲良く寄り添っている。が、ふたりは微動だにしない。違和感を感じた。

「あの……」

顔も上げない。一切反応がない。

「大丈夫……ですか？」

そうっと肩に手をかけた時。

ふたりの体がぐらりと傾き、ベンチから崩れ落ちた。

悲鳴を上げるわたしに、ママは「一一九番に連絡して！」と告げると、素早くふたりのそばにしゃがみこんだ。

「聞こえますか？　聞こえますか？」

ママがふたりの肩を交互に叩くのを見ながら、わたしは震える指で1、1、9と押した。

「すぐに来てください！　人が倒れています。男の人と女の人の、ふたりです！」

——場所はどこですか？

「曽根崎の露天神社から五分ほど歩いた路地です」

——すぐに救急車が向かいます。声をかけて、肩を叩いてみてください。

「友人が、すでにやっています」

ママは手を二人の口元にかざしながら、「スピーカーにして」と言った。わたしは慌ててスピーカーフォンのボタンを押す。

「呼びかけにも反応ありません。呼吸もしていないようです。出血や外傷は見当たりません」

——脈はどうですか？

ママは手首、そして首筋を触る。

「脈も感じられません」

少ししてサイレンが近づいてきたので、わたしは大きめの通りまで走り出て、路地まで誘導した。救急車が停車し、隊員が三名降りてくる。ママはホッとしたようにふたりから離れたが、表情はこわばっている。わたしの目にも、男女が亡くなっているのは明らかだった。ストレッチャーに乗せられ、救急車まで運ばれていく男女と入れ違いに、重ねた赤色のコーンを抱えた警察官がやってきた。

「通報してくださった方ですか？」

「そうです」

「男性と女性がいたのはどのあたりでしょう」

ママがベンチ、そして倒れこんだエリアを指さすと、警察官はその場所を広く囲むようにコーンを置き、黄色いテープでつなげた。

「すぐに警察署から応援が来ますんで、すいませんがお待ちいただいて、お話を聞かせていただけますか」

「わかりました」

青白い顔で、ママがうなずく。見知らぬ人の遺体を見たのが初めてで、わたしはずっとママの腕を握っていた。

すぐに私服の男性が、ジャンパー姿の職員を引き連れてやってきた。職員たちは現場の写真を撮ったり、落ちていた空き缶をトングで拾ってポリ袋に入れたりし始めた。ドラマで見たことがある。鑑識なのだろう。

刑事らしき私服の男性が、警察手帳を見せた。まだ若く、三十代半ば《なか》といったところか。

「通報していただいた方ですね……あの、大丈夫ですか?」

わたしたちは、よっぽど真っ青な顔をしているらしい。

「ええ……大丈夫です」ママが答えた。

「お話を聞かせていただきたいので、署まで来ていただけますか?」

「あたしたちでお役に立てるのなら、なんでも協力します」

刑事はわたしたちを労《いた》わるように、ゆっくりと警察車両までエスコートしてくれた。

曽根崎警察署は、露天神社からすぐだった。ちょうどお初の絵が描かれた商店街入り口と、同じ並びにある。

小さな会議室へ通されると、刑事が温かいゆずとはちみつの飲料を持ってきてくれた。ひと口飲むと、ほっと心がほぐれる。やっとわたしとママは、いつもの調子を取り戻した。

「まず最初に、ご氏名を教えてくださいますか」

刑事がノートを広げながら言う。

「沢辻涼子です」

「野宮《のみや》ルナ」

ルナって本名だったのか、と内心驚く。性別を変更するとき名前も変えられると聞いたことがあるから、きっとママは戸籍上も女性なのだろう。身分証明書として免許証を出すと、

「おふたりとも、東京の方なんですか」と驚かれた。

「失礼ですが、お仕事はなにを」

「バーを経営しています」

ママはバッグから名刺入れを取り出すと、一枚を机の上に滑《すべ》らせた。

「東京へいらっしゃることがあれば、お立ち寄りください。おもてなしさせていただきます」

ママが微笑むと、刑事は真っ赤になった。

百八十センチ以上ある身長とハスキーな声から、おそらくママがかつて男性だったことには気づいているだろう。それでもママは同性も異性も関係なくドギマギさせてしまう甘いフ

エロモンを放っている。

「どうして大阪に？　それに、なんであの場所へ行きはった――行かれたんですか」

刑事の口調はていねいで、わたしたちに合わせて標準語を話してくれようとしているが、ところどころに関西のアクセントが現れる。

「観光です」ママが答える。

「いついらしたんですか？」

「ええと、まず今日の朝、東京から新幹線に乗って、え−、それからその……」

しどろもどろになるわたしの言葉を引き取り、ママが落ち着いた口調で説明する。

「のぞみ一号で新大阪駅に午前八時二十二分に着きました。そのままJRに乗って大阪駅へ行き、阪神線、阪急線の大阪梅田駅を回ってから宿泊先のホテルに向かっている途中でした。露天神社に立ち寄ったのは、『曽根崎心中』で有名な場所だと知っていたからです」

刑事はママの言ったことを繰り返しながら、紙に書きつけていく。

「のぞみ一号で新大阪駅に午前八時二十二分到着、ＪＲで大阪駅へ行ってから阪神線……ん？」

そこで不思議そうに顔をあげた。

「なんでわざわざ阪神線と阪急線の駅へ？」

「行ってみたかったのよ、ずっと」

「なんでまた」

「谷崎潤一郎の『卍』って作品、ご存じ？　とても素敵な小説なんだけど、主人公が梅田駅をよく使っていてね。どうしてもこの目で見ておきたかったの」

「小説ですか……なんや最近アニメの舞台とか回る人いはるみたいやけど、そんな感じですかね」

「そう、文学の聖地巡礼よ。あたし、バー経営のかたわら、小説も書いてるから」

「はあ、小説を」

「最近はミステリーにも挑戦してるのよ」

「じゃあミステリー小説をご出版されてるんですか？」

「うふふ、それはこれから」

「ええと、ミステリー小説のご出版はこれから、と」刑事は律義《りちぎ》に書き留めている。「それで、沢辻さんは？」

「わたしは……専業主婦です」

なんとなく小声になった。かつてわたしだって、名刺を持っていたのに。

「おふたりは、どういうご関係なんですか？」

「涼子は、バーのお客さまよ」

「お客さんとご旅行しはるんですか？」

「まさか、今回が初めてよ」

「じゃあかなり長期にわたる常連さんなんですね」

「いいえ、知り合ったのは昨日――厳密にいえば今日だわ。〇時を回っていたから」

「今日⁉」

刑事が目を見開く。そういえば、ママと知り合ってから二十四時間もたっていない。

「涼子が人探しで大阪に行きたいって言うから、ついてきてあげたの。執筆で培った観察力と推理力で助けてあげようと思って」

「執筆で培った観察力と推理力、ですか……」

刑事の口元がゆるんだのを、ママは見逃さなかった。

「あなた今、ばかにしたでしょ」

「そんな、とんでもない」

「でも、できっこないって思ったでしょ」

「……まあ、正直、むずかしいとは思いました。我々はプロとして日々事件と向き合っています。文学の世界と現実とは、やはり違いますよ」

「あら、文学をなめちゃいけないわ。文学は現実から生み出されてきたものよ。何百年の昔からね。つまり文学にはあらゆる知識が詰まってるの。文学の知識を使えば、事件だって解決できるわよ」

「いや、でも――」

「おふたりの死因は凍死。死亡推定時刻は午前三時から四時。そしてダブル不倫の末の死、ね」

わたしも刑事も、ぎょっとしてママを見る。

「ど、どうして――」

「『死に顔が美しいのはガス自殺と雪の中での凍死である』――渡辺淳一《わたなべじゅんいち》先生の『自殺のす

すめ』の一節よ。ご遺体を確認したとき、出血や外傷はなかった。となると服毒が考えられるけど、とても苦しいものよ。顔は苦悶《くもん》に歪《ゆが》むし、喉《のど》を掻きむしったり、嘔吐《おうと》や吐血もあり得る。だけどおふたりのご遺体は安らかで、美しいお顔をしてた」

刑事はぽかんとして聞き入っている。

「昨日は雪こそ降らなかったけど、この冬初めての氷点下だった。アルコールの匂《にお》いがしたし、空き缶も落ちていたから、眠るためにお酒を飲んだんでしょうね。睡眠導入剤くらいなら一緒に服用したかも。そして眠っている間に、安らかに旅立った。

そしてご遺体は、すでに肘《ひじ》や膝が固まっていた。普通なら肘や膝の硬直が始まるのは死後四時間ほどだけど、昨晩の外気温では通常より死後硬直の時間は遅くなるはず。となるとお亡くなりになってから六、七時間くらいってこと」

刑事は、目をしばたたいている。

「あ、あの、じゃあダブル不倫というのは——」

「指輪よ」

「——指輪？」

「渡辺淳一先生の作品に、『マリッジリング』という素晴らしい短編があるの。主人公の女性が、不倫相手の男性の結婚指輪に感情を翻弄《ほんろう》されるお話よ。結婚指輪が第二の主人公と言ってても過言じゃないくらい、超重要アイテムなの。今回のおふたりは、左手の薬指に、それぞれ違うブランドの結婚指輪をしていた。男性はカルティエ。女性はシャネル。つまりお互い別の配偶者がいる、ダブル不倫ね」

聞き終わっても、刑事はしばし固まっていた。

「あの、合ってるんですか？」

わたしが聞くとハッと我に返り、「ちょっと確認してきます」と会議室から出て行った。

刑事はなかなか戻ってこず、二十分ほどしてやっとドアが開いた。

「いやあ、おっしゃる通りでした。驚きました」

頭を掻き掻き、パイプ椅子に座る。ママは余裕の微笑を浮かべ、優雅に髪をかき上げる。

「でも問題は、事故か事件、どちらかっていうことよね」

ママが言うと、刑事も腕組みをしながら「そうなんですよね、両方の可能性がありますからねえ」と頷いた。

「事故と事件の両方って、どういうこと？」

「例えば、雪見酒をしているうちにうっかり眠り込んで凍死してしまったのなら事故。一緒に死のうという意思があったのなら心中、片方には死ぬ意思はなかったのに、もう片方に騙《だま》されて殺されたのなら無理心中」

「わたしはてっきり合意の心中だと思い込んでた。場所柄が場所柄だし。それに、お初と徳兵衛のブロンズ像を見た直後だったから、なんだか重なっちゃって」

「まあ、曽根崎ですからねえ」

刑事もため息をついた。

「ただ、血中から睡眠導入剤の成分が検出されたんだとすれば、うっかり眠ってしまって……っていう事故は考えにくいと思うわ。そこには意思があったと思う」

「そうですね、僕もそう思います」

「あとは合意だったたか無理やりだったかだけど……これはなかなか見極めが難しいわよね。遺書か何かあれば別だけど」

「あの、ちょっとわかんないんだけど」

おずおずとわたしは会話に割り込む。

「心中か無理心中か、どうして見極めなくちゃいけないの?」

「無理心中なら、殺人罪になるもの」

「あ……そうか」

「もちろん被疑者死亡ということにはなるけど。だけどうやむやにされていい問題じゃないわ」

「なるほど」

「まあ、それに関してはこれから捜査していきますので。とりあえず野宮さんと沢辻さんは、お帰りいただいて大丈夫です。おふたりのお話を元に調書をまとめましたら、ホテルまで署名をいただきにおうかがいしたいんですが、よろしいでしょうか?」

「もちろんよ」

「本日は迅速な通報、救助活動、そして事情聴取へのご協力、まことにありがとうございました」

刑事は立ち上がると、ていねいに頭を下げた。

曽根崎警察署を出る時、入れ違いで女性が入ってきた。髪は乱れ、目は真っ赤で、足取りはおぼつかず危なっかしい。女性が倒れそうになるのと、受付から男性が駆け寄って支えるのは同時だった。そのまま女性は抱えられるように、奥に連れられて行く。ママはガラスドア越しに、その後ろ姿が消えるまでじっと見送ると、

「今のが奥さまだわ」

と言った。

「どうしてわかるの？」

「男性と同じカルティエの結婚指輪をしていたから。それに、あの取り乱しようだもの。ご主人の死と不倫が同時発覚した直後ってことね」

「ブランドとか、ちょっと見ただけでよくわかるわね」

「バーを経営してると、一瞬でお客様のふところ具合を見極めないといけないからね。アクセサリー類や時計を真っ先にチェックする習慣がついてるのよ」

さ、行きましょ、とママはキャリーバッグを引いて歩きだす。

「ちなみに、一緒に亡くなったお相手の女性は、シャネルのカメリアシリーズをつけていたわ。シャネルには〝ファインジュエリー〟と〝ハイジュエリー〟のふたつのラインがあって、前者は貴金属や天然の宝石を使った高額なもの、後者はコスチュームジュエリーとも呼ばれる、自由な素材を使ったもの。そして彼女がつけていたのはファインジュエリーの方。百万はくだらないわね」

「ひゃ、ひゃく……⁉」

わたしは目を見開く。

「それだけじゃないわ。彼女、結婚指輪以外にも、たくさん指輪をつけてたし、全身ハイブランドだった。ヴァンクリーフ&アーペルにハリー・ウィンストン。ブレスレットとピアスもシャネル。ワンピースとバッグはエルメス——総額、ざっと八百万ってとこね。なぜかダウンコートだけはブランドじゃなかったけど、防寒を優先したのかしら」

わたしより若いのに、わたしなんかが一生手に取れないような装飾品をいくつも手にしている。というか、ほとんど我が家の手取り年収ではないか。

「一緒に亡くなった男性からのプレゼントなのかな」

「違うと思うわ」

ママは否定する。

「高額商品をごろごろ持っていたら、彼女の夫が不審に思うでしょ。だからこれらは彼女が自分で買った物、もしくは夫に買ってもらった物よ。つまり、かなり裕福なご家庭なんじゃないかしら」

「そっか……」

八百万があれば何ができるだろうと、つい下世話なことを考えているうちに、「ふたりのブルーシャトウ」に到着した。

「ふたりのブルーシャトウ」は、良く言えば昭和の香り、身もふたもない言い方をすれば古びたホテルだった。てっきりパネルで部屋を選ぶなど、誰とも会わないような仕組みになっているのかと思っていたが、受付には高齢の女性がふたり立っていて、温かいしわくちゃの手で鍵《かぎ》を渡してくれた。

エレベーターで三階に上がる。エレベーターの壁には絨毯《じゅうたん》のような分厚い織物《おりもの》が張り巡らされているが、それもあちこちすり減り、退色している。正直、予約サイトで見た写真とはかなり違っている。だけどわたしはこういうレトロな雰囲気はきらいではなかった。ママも同じなのか、「味があるわね」とご機嫌だ。

ドアを開けたとたん、「まあ！」とママが歓声をあげ、一気に部屋の端まで走っていった。

「すごーい！　ひろーい！　きゃー、回転ベッド！　やだ、壁が鏡だわ！　お風呂も写真で見るより大きいんじゃない⁉　ここに決めてよかったぁ！」

あちこち駆け回った後、丸い回転ベッドに倒れこむ。

「スイッチどこかしら。あ、あった！　きゃー、回る回る、回ってる！」

ママがはしゃぐのも無理はない。鏡の効果もあるだろうが、部屋はかなり広く、真ん中にでんと回転ベッドが鎮座《ちんざ》していても、ソファセットや大型テレビが余裕をもって置かれている。風呂場を覗《のぞ》いてみれば、三人は入れそうなほどゆったりした浴槽だ。

「ミラーボール‼　お立ち台を思い出すわぁ」

部屋全体が虹色《にじいろ》の光に包まれる中、わたしは荷物を置き、手と顔を洗い、歯を磨《みが》いた。本当はシャワーを浴びて旅の疲れを落としたかったが、いつ刑事が調書を持ってくるかわからないので、あとにすることにした。

タオルで顔を拭《ふ》きながら、現実に戻ってため息をつく。ふとママを見れば、さきほどのテンションはどこへやら、回転を止めたベッドのはじに腰かけて、アンニュイな表情で宙を見つめている。はしゃいでいたのは、きっと空元気だったのだろう。

「ママ?」

「ん?」

「大丈夫?」

ママの隣に座った。

「なんとかね。涼子こそ大丈夫?」

「うーん……さっきの奥さんの泣き顔が頭から離れなくて」

不倫されていた、という状況を、つい自分に重ねてしまう。夫が急死したこと。不倫相手と心中したこと。どちらか片方だけでも衝撃なのに、夫は死をもって不倫相手を愛し抜いたということになる。

「今頃、どんな気持ちで刑事さんから話を聞いてるんだろうって想像すると、胸がつぶれそう」

「そうねえ」

はあ、とふたり同時に深いため息をついた。

「亡くなった女性の旦那さんも気の毒よね……」

食欲もわかず、何もする気が起きず、ただケーブルテレビで自然の景色を流しておいた。ベッドに座ったまま、ぼーっと山や海、草原、動物を眺める。

どれくらいそうしていただろう。ノックの音で我に返った。魚眼レンズを覗くと、さきほどの刑事が立っている。ドアを開けて招き入れた。

「お邪魔いたします」

刑事は鏡張りの壁やミラーボールを珍しそうに眺め、回転ベッドの脇《わき》をそそくさと通りぬけると、ソファに座った。ママとわたしは、その向かい側に座る。

「調書を作成しました。お読みいただいて、間違いなければ署名をお願いします」

氏名や住所を確認し、本文に目を通す。新大阪に到着したところから遺体発見まで、正確に書かれてあった。ママの分も問題なかったらしく、無事に署名を終える。刑事は書類を受け取って鞄《かばん》にしまうと、

「実はですね、あれから大進展がありまして、全て解決したんです」

と胸を張った。

「あら、そうなの？」

「はい。本来なら守秘義務があるんですが、おふたりには第一発見者としてご協力いただいたので、ここだけの話で。あのふたりは、メインに使うスマホ以外に、秘密の連絡手段として格安ＳＩＭのスマホを持っていたんです。それぞれの結婚相手から徹底的に隠すためか、偽名《ぎめい》で購入できるものでした」

「ああ、身分証明書がなくても買えるのもあるらしいわね。でも確か、通話はできないんじゃなかったかしら」

「その通りです。基本的には通信のみです。が、通話アプリがあれば話すことができます」

「なるほどね」

「鑑識が解析したところ、メッセージのやり取りが全て残っていました。それによると、ふたりが知り合ったのはちょうど一年前のようです。ここ数週間は、死に場所をどうするか、手段をどうするかというメッセージが交《か》わされていました。ですので合意の上での心中だということが証明されたんです。また、他のやり取りから、最後の晩餐《ばんさん》は東梅田にある小料理屋の予約を取っていたことも分かったので、こちらに来る前に立ち寄って従業員に確認したところ、ふたりが来たのは間違いないとのことでした。女性のピンクのコートが印象に残っていたそうです。午前一時過ぎに退店し、その後の行動は推測になりますが、小料理屋から歩いて現場に行き、缶のアルコール飲料で睡眠導入剤を流し込んで、眠りについた――ということだと思います」

「どうしてあの場所だったのかしら」

「メールによれば、やはり露天神社に近かったからのようですね。お初と徳兵衛に、自分たちを重ねていたようです。もちろん神社内だと迷惑をかけてしまうので、せめてその近くでと。オフィス街なので週末には誰もいなくなることも知っていたそうです」

「そう……」

ママはふうっと息をついた。

「解決してよかったわ。だけど残された奥さまとご主人は本当にお気の毒ね。奥様とは警察署を出るときにすれ違ったの。憔悴《しょうすい》しきっていたわ」

「そうなんです。ずっと号泣《ごうきゅう》していて、ほとんど話を聞けていないんです。女性側のご主人も、同じような状態で」

「亡くなっただけでもショックなのに、不倫してたなんてね。それにその人と心中するまで愛し合ってたなんて、そりゃあ打ちのめされるわ。だけど離婚だってできたはずでしょう？　なぜこんな方法を選んだのかしら」

「しがらみがあったようですね。亡くなった男性は、妻が自分の両親の介護をして看取《みと》ってくれたので恩がある。亡くなった女性の方は、夫が女性の家族に仕送りをしてくれているので、とても言い出せなかったと」

「それでも心中以外に何か方法があったでしょうに。思い詰めすぎて、周りが見えなくなってしまったのね。切ない事件だわ」

「ええ、いろいろ考えるところはありますが、とりあえず本件は解決です。沢辻さんも野宮さんも、ごゆっくりお休みください。大阪を楽しんでくださいね」

刑事は丁寧に頭を下げ、帰っていった。


「さて、と」

ママは伸びをした。

「市民の義務は果たしたし、本来の目的の図書館へ行きましょうか……って、五時過ぎてる！　閉館しちゃったわ」

「今日は仕方ないよ。大事件があったんだもの。明日の朝、一番に行こう」

「それがいいわね。ところでお腹すかない？」

「すいた！」

「出前、頼みましょ。ほら、メニューがあるわ」

「わあ、たこ焼き！　お好み焼きもあるよ」

「スマホで注文するんだって。えーと」

ママはスマートフォンを開くと、「あら」と手を止めた。

「今回の事件がもうニュースに出てるわ」

記事には「大阪市北区《きた》曽根崎二丁目の路上で、男女が心肺停止状態で見つかった」と書いてあるだけだ。なのにコメント欄は「おー、リアル曽根崎心中」「不倫カップルに決定」「不倫、ダメ、ぜったい」など、好き勝手に盛り上がっている。

「どこにも書いてないのに、不倫とか心中ってわかっちゃうのねえ」

「そりゃあ、誰でも真っ先に『曽根崎心中』を連想するんじゃない？」

「お初と徳兵衛にあやかろうと思って、あの場所を選んだわけだしね。だけど曽根崎がこんなことでニュースになって不名誉だわ。今後、ばかなことを考える人が続かないように、幕府が禁止令を出したのも、今なら理解できる。これじゃあ、曽根崎といえば、この事件をみんな連想しちゃうじゃない」

「だけど、その反対もあり得るわけでしょ？」

「――え？」

「ママが教えてくれたじゃない。心中が先か、近松が先か問題」

「ええ、そうだけど？」

「だったら今回だって、曽根崎だから心中を連想してしまうんじゃなくて、心中を連想してほしいから曽根崎を選んだとか。どっちもあり得るんじゃない？」

「どっちもあり得る……」

「って、関係ないか。いずれにせよ、人がふたり亡くなっていることに変わりはないわけだし」

「変わりはない……」

ママは急に黙り込むと、何かを考えているのか、じっと動かなくなった。

「ママ……？」

「大変だわ……あたし、大きな勘違いをしていたかも」

「え、どういうこと？」

ママは答える余裕もないという速さで、スマホを操作した。

「刑事さん？　大至急、調べてほしいことがあるの。ひとつめ、亡くなった女性の身長と体重。ふたつめ、彼女の着ていたコートのブランド。三つめ、彼女の家庭の世帯年収。最後に、亡くなった男性の両手のこぶしの状態。——うん、このまま待ってる。急いで」

かすかに保留のメロディが聞こえてくる。ママの緊迫した表情とはうらはらに、どの質問も関連がなさそうで、不可解だった。しばらくして保留音が途切れた。刑事が戻ってきたようだ。

「……女性の身長は百五十一センチ、体重四十キロ。着ていたコートは安さで有名なファストファッションのもの。世帯年収は五百万円、亡くなった男性の両手のこぶしには若干の変形がみられた。……やっぱりね」

ますます話が見えない。

「刑事さん、あたしが今から言うとおりに動いてみて。まず――」

ぽかんとするわたしを残してママはバスルームへ行くと、わたしに聞かれまいとドアを閉めて刑事との会話をつづけた。


「いやあ、驚きました。野宮さんの言った通りでしたよ」

深夜過ぎ、刑事はホテルまで報告にやってきた。

「認めましたよ。ふたりを殺したこと」

「ええ⁉」

刑事のために緑茶を淹《い》れていたわたしは、思わず湯呑《ゆのみ》をひっくり返しそうになる。憶測で話すべきではないからと、ママはまだわたしに何も教えてくれていなかった。

「ちょ、ちょっと待って、誰が誰を？ っていうか、殺したってどういうこと？」

なんとかお茶を無事に注ぎ終え、テーブルに三つ置く。

「涼子、これはね、心中でも無理心中でもなかったの。殺人事件だったのよ」

「まさか」

「あなたの言葉がヒントになったのよ」

「わたしの？」

「そう。真逆だけどどちらもあり得る。そして、どちらにしても人がふたり亡くなっていることに変わりはないって」

「うん、言った」

「それでハッとしたの。ふたりの男女が、寄り添って死んでいた。場所は曽根崎だった。しかもお互いに既婚者だった――あたしたちはそれで、心中だと先入観を持ってしまった。だけど真逆だったら？　心中ではないとしたら？　その前提を崩して視点を変えてみたら、いろいろなことが見えてきたの」

　刑事はうんうんと頷いている。

「もしも殺人だとしたら、動機は何かしら。真っ先に思い浮かぶのはお金よね。となると女性のハイブランド品で固めたコーディネートが気になった。刑事さんに調べてもらったら、彼女はアルバイトで収入は月七万円程度。夫は正社員で手取り三十万円。副業や投資配当などの入金はなし。とてもじゃないけど、あれだけのアクセサリーを揃《そろ》えるのは無理ね。案の定、彼女は夫のクレジットカードを限度額まで使って、あちこちからキャッシングもして、消費者金融でも借りていた。利子だけで毎月の返済はいっぱいいっぱいだったらしいわ」

　ママはそこで言葉を切り、お茶で喉を潤《うるお》した。

「夫は何度も買い物をやめてくれるよう頼んだ。だけど彼女はやめなかった。依存症だったのかもしれない。このまま続けば、破綻《はたん》するのは目に見えている。夫は何年も苦しんでいたらしいわ。つまり経済的ＤＶね。殺人の、大きな動機になる」

　わたしは息を吞んだ。

「そして、亡くなった男性。彼も誰かから恨みを買っていたとすれば――身近なところは、やはり妻よね」

　わたしは、あのかよわそうな女性を思い浮かべる。

「真っ先に浮かんだのは肉体的なＤＶね。思い返してみれば、彼女は痛いところをかばうように体を傾けて、そして足を引きずるように歩いていた。最初はショックでふらついているだけだと思ったけど、きっとそうじゃない。服で隠れるところを殴られてる。特に冬は厚着で隠しやすいから、ＤＶがエスカレートする傾向にあるの。だけど彼女本人に聞いても答えるはずがないし、容疑者でもないのに服を脱いで見せてもらうわけにもいかない。だから──亡くなった男性のこぶしを確認してもらった。慢性的に素手で人や物を殴っていると、若干変形してくるわ。そして彼にはその形跡があった」

「じゃあ……」

「あの奥さんにも、夫を殺したい動機があったっていうこと」

「だけど……動機があったとして、どうやって実行したの？　そもそも、あんなところにふたりを呼び出して、お酒を飲ませたり眠らせたりなんて無理よ。それに、ふたりは直前まで小料理屋にいたのを目撃されてるんでしょ？」

「全部説明がつくのよ。まず、亡くなった女性をＡ子、その夫をＡ男とするわ。Ａ男がＡ子に自宅でお酒と睡眠導入剤を飲ませて眠らせる。それから車で防犯カメラのなさそうな裏道を通って、曽根崎の現場近くまで行く。そこからＡ子をおぶってベンチまで連れて行く。Ａ子は小柄で体重も軽いし、もしも見られたって酔っぱらって正体をなくした女の子を助けてあげてる程度にしか思われない。

一方、亡くなった男性B男と、その妻B子は、小料理屋にいる。個室で照明は暗くて、客の顔なんて良く見えない。だけどB子はピンクの派手なコートを着ているから、スタッフの印象に残る。小料理屋で食べて、お酒も飲んだ後、散歩に誘って曽根崎の現場のベンチまで行く。ベンチに座って、B子は『もう少し飲もう』とB男に睡眠導入剤の入ったアルコール飲料を渡す。B男が眠った頃を見計らって、眠っているA子をおぶったA男がやってくる。B子は自分が座っていた場所にA子を座らせ、寄り添わせ、手をつながせて、氷点下の空の下、そのまま放置すればいい」

「確かにそれなら可能かもしれない。でも――」

「そうそう、ベンチに座らせたA子に、ピンク色のコートを着せるのを忘れちゃいけないわね。B子が小料理屋で着ていたものと全く同じだけど、新品のもの。B子の髪の毛や皮膚片が付着したものを着せたら見抜かれてしまうから、全く同じコートを二着、用意していたの。ただし、二着もハイブランドのコートなんて買えない。だからコートだけは、彼女の高級コーディネートの中で唯一、お安いものだったってわけ」

ぽかんとするわたしを置いて、ママは続ける。

「ああ、もちろんA子も自宅で、小料理屋でB夫妻が食べたものと同じ材料を使った料理を食べさせられているはずよ。抜かりなく、計画的に遂行《すいこう》したはず」

「じゃあ……A子とB男は、不倫関係じゃなかったの？」

「違うでしょうね。面識すらなかったんじゃない？」

「だったらスマホのやり取りは？　一年間ものやり取りを偽装するなんて、さすがにありえないんじゃない」

「スマホのやり取りは偽装じゃないわ。本物よ」

「だったら……」

「ただし、A子とB男のではない――不倫していたのは、A男とB子なのよ」

「あ……」

「ふたりは、オンラインで行われるDV被害者の会で知り合ったそうです」

刑事が引き継いだ。

「誰でも匿名で参加でき、アドバイスを求めたり、愚痴を吐き出したり、自由に発言してもいい場所です。悩みを話すうちに、A男とB子は互いに好意を抱き始めます。実際に会うとますます惹かれ、愛し合うようになる。当然、離婚して一緒になりたいと願います。が、互いの結婚相手は承諾してくれない。A男は、離婚するなら慰謝料をよこせとA子に迫られ、B子は、ますますひどい暴力を受けるようになります。そんなある日、ふたりは露天神社に来ました。お初と徳兵衛の話を聞いて、自分たちもいっそ一緒に死んでしまおう、と思ったそうです。それが最善だと信じるほど追い詰められていたと。そしてふたりは、心中の計画を立てていった……」

だけど、と刑事は静かに続けた。

「実行日の二週間前になって、突然B子が言ったそうです。自分たちは悪くないのに、どうして死ななくてはいけないのかと。自分たちは生き延びて、愛する人と一緒になる権利があるはず。悪い人間の方こそ、死ぬべきだと。それで――」

それで、ふたりは自分たちで立てていた心中計画を利用して、相手を殺すことにした。使っていたスマートフォンは、すみずみまで薬品で拭いて汗や皮膚片、指紋等を消し、入れ替えた――

「そういうことだったのね……」

わたしは大きなため息をついた。

「ふたりを問い詰めた時、最初はもちろん否認したんです」

刑事が言った。

「ですが、野宮さんの一連の推理を話したら、完全に図星だったんでしょう、顔色を変えて、すべて白状しました。隠し通せないと観念したんでしょうね。事件が解決したのは、本当に野宮さんのおかげです」

刑事が礼を言って立ち上がったので、わたしとママはドアのところまで見送った。刑事は一度廊下に出たが、すぐ立ち止まってこちらを向いた。

「あの……本当に東京へ行った時、お店にお伺いしてもよろしいんですか？」

ママは少し驚いたように眉をあげたが、すぐに嬉しそうな微笑を浮かべて、

「もちろん。いつでもウェルカムよ」

と頷いた。

「いただきまーす」

テーブルの上には注文したたこ焼き、お好み焼き、イカ焼きなど、大阪のソウルフードが所狭しと並んでいる。

「やっぱ本場のたこ焼き最高！」

「お好み焼きも、ふわふわしてるー」

ママが買い出しに行ってくれた缶ビールを片手に、片《かた》っ端《ぱし》から食べては飲んでいた。が、ふと手が止まる。

「どうしたの、涼子」

「ん……こんなことを言っちゃダメなんだろうけど……A男とB子に、幸せになってほしかった」

「複雑な気持ちよね、わかるわ。だけど万が一この計画が成功したとして、その瞬間は幸せかもしれないけれど、一年後、二年後、必ず関係にゆがみが出てくる。だから……これでよかったのよ」

わたしはすれ違ったB子の姿を思い出す。かよわそうで、今にも頽《くずお》れそうだったB子。けれども実際には、驚くほど強《した た》かな面を持っていた。

「女の方が、こういう場面では強いのよ」

わたしの心を見透かしたかのように、ママが言った。

「曽根崎心中でも、心中しようと言い出したのは、お初。そしていざ実行するとき、徳兵衛はどうしてもお初を刺せないの。それをお初が自ら、ぐいっと切っ先を導くわけ。今回の事件も、女の方が強かった。B子は『死んでたまるか、あの世じゃなくて、現世で成就させてやる』って覚悟を決めたのね」

「そんな女主人公、近松門左衛門もびっくりするんじゃない？」

「そうね、令和版の『曽根崎心中』かも」

ふふ、と少し哀しげにママが笑った。

「それにしても、ママの推理、すごかったなぁ」

「涼子のひと言がヒントになったんだってば。ねえ、あたしたち、なかなかいいコンビだと思わない？　ホームズとワトソンみたいな」

「シャーロック・ホームズは知ってる。ワトソンって誰？」

「相棒よ。ホームズは名探偵だけど、彼の推理にはワトソンという存在が欠かせないの」

「あ……それってセッターとアタッカーみたいな関係だね」

「バレーボールの？」

「うん。アタッカーがいくら強くても、セッターが良いトスを上げないと得点につながらないの」

「まさにそれよ。あたしたちはホームズとワトソンであり、アタッカーとセッターなんだわ」

「じゃあカズトを見つけられるかな」

「もちろんよ」

ママがそう言い切ってくれると、なんでも可能な気持ちになるから不思議だ。機嫌よくビールの残りを飲み干し、缶チューハイのプルタブを引いた時、わたしのスマホが振動した。

チューハイを飲みながら確認してみると、芳香、篤史からの着信やラインがたまっている。

そういえば今日は一日いろいろなことがありすぎて、スマホをチェックしていなかった。

浮かれた旅行気分が一気にしぼんで、急に現実に引き戻された。きっと、ものすごく心配している。昨日の晩から、ふっつりいなくなったんだから。

悪いことをしてしまった。せめて子供たちには家をあけることを伝えるべきだった――罪悪感を感じつつ、ラインを開く。

『ごはんは？』

『赤のセーターどこだっけ』

『はらへったー』

『いつ帰ってくる？　ミスドのドーナツ買ってきて。期間限定のやつ』

『ジャージ、洗濯しといてって言ったじゃん。なんで洗ってないの？』

『お小遣い前借りしたいんだけどダメ？』

――なに……これ。

信じられない。

心配してないの？　この子たち、自分のことしか考えてないじゃない。

そして夫に至っては、ラインも着信も一件もなかった。

「……ばかやろう」

思わずつぶやくと、

「どうしたの？」

とママが首をかしげる。

「ううん、なんでもない」

夫とのトーク画面を開き、酔いも手伝って、勢いに任せて打ち込んでいく。『しばらく帰りません。心当たりはあるでしょう。わたしにだって自分の人生を大切にする権利はあると思います。子供たちをよろしくお願いします。芳香には毎日お弁当を持たせてやってください。お茶はルイボスティーじゃないといやがるので、作りたての熱いのを保温の水筒に入れてください。篤史の冬期講習のテキストがそろそろ届くので』

ふと手を止める。結局、わたしが遠隔でも世話を焼いている。これじゃだめだ。自分たちで何が必要か、何をすべきか考えればいい。〝誰でもできる〟ことばかりのはずなんだから。わたしがいないことで困ればいい。懲《こ》りたらいい。

そこまで考えたところで、今度は虚《むな》しくなる。

家事が回らないことでしか、わたしは存在意義を実感してもらえないのか。わたしが家族のことに心を砕くのと同じくらい、気にかけてもらったことがあっただろうか。わたしが日々何をして、何を思っているか、耳を傾けてくれることはあっただろうか。

投げやりな気持ちになり、最終的には家族用のアカウントに『しばらく帰りません』とだけ打って送信すると、ブロックしてスマホをバッグに投げ入れた。

母親という自分からも、妻という自分からも、ログオフしてやる。ざまあみろ。

心の中で毒づきながら一気にチューハイをあおった時、ふっと部屋の電気が落ちた。

「――ママ？」

なにも見えなくなり、こわごわ両手を虚空に伸ばす。と、部屋の片隅《かたすみ》に小さな明かりがともった。

「ハッピーバースデートゥーユー、ハッピーバースデートゥーユー」

朗々とした歌声とともに、ささやかな明かりが近づいてくる。一本のキャンドルと、メッセージプレートが載せられた小ぶりなデコレーションケーキ。歌が終わるのと同時に、テーブルの上に置かれた。

「お誕生日おめでとう、涼子」

驚いているわたしに、ママが拍手をしながら微笑みかける。

「免許証を出した時、日付が見えちゃったの。どうせ、もう何年も祝ってもらってないんでしょ」

「……どうしてわかるの?」

「でないと誕生日に家を出てくるわけないじゃない。それに今の様子じゃ、お祝いのメッセージも届いてなかったみたいね」

キャンドルの暖かな明かりが涙でにじんで、十字状に光を放っているように見える。家事をしてもしなくても、ただ生まれてきてくれてありがとう、生きていてくれてありがとう、と、誰かから喜んでもらいたかったのだ、と今さらわかる。

「さあ、願いごとをして」

ママが優しく囁《ささや》く。

わたしは心の中でカズトに会えますようにと願いながら、思い切りキャンドルを吹き消した。

第二話

「春琴抄《しゅんきんしょう》」

うっすらと目を開けると、見慣れない派手な部屋にいた。天井にはミラーボール。壁はボルドー色の壁紙か、そうでないところは鏡だった。そして——今わたしが大の字になっているのは回転ベッド。

——そっか、大阪にいるんだった。

頭を少し上げると、壁際のデスクにママがいた。タブレットに打ち込んだり、何かを書いたりしている。背筋がすっと伸びていて、姿勢がいいなぁと寝ぼけながら思った。

「あら、起きた？」

ママが振り返る。

「顔洗って歯を磨いてきて。朝食の用意できてるから」

ママは立ち上がり、デスクの上を片付け始めた。

「はーいママ……」

テレビから流れる朝の情報番組を少しの間ぼんやりと眺め、もそもそとベッドから這《は》い出た。トイレへ行き、洗面をすませ、ソファへ行く。昨夜は食べ散らかしたまま寝てしまったはずだが、ごみはきれいにまとめられ、拭きあげられたテーブルの上にはサンドイッチとサラダとコーヒーがあった。

　起きたら朝食ができているなんて、いったい何十年ぶりだろう。

「誰かに朝食を用意してもらえるなんて最高。ママって、本当にママみたい」

「コンビニで買ってきただけだけどね」

「それでも嬉しいよ。家ではわたしが買い出ししないと、何もないんだから」

　ふと見れば、カウンターの上には、ざっと二十本ほどの飲料ペットボトルが並んでいた。

「まさかこれ、一度に全部買ってきたの？」

「そうよ。こういう時、元オトコの本領発揮しないでどうすんのよ」

　ママが薄手のニットをたくしあげて、腹部をチラ見せする。

「見よ。美しいシックスパック」

　むきむきごつごつした感じでなく、適度にかっこよく割れていた。

「おー、かっこいい！　筋トレしてるの？」

「筋トレもしてるし、大学の時からずっとブラジリアン柔術やってんのよ」

「小説も書いて格闘技もするの？　文武両道じゃない」

　おまけに美人で商才もある。すごいなと思いながら食べていると、テレビでは天気予報の後、朝の時短クッキングコーナーが始まった。プロの料理人と共に、毎回ゲストが来て一緒に作る。今日のゲストが紹介された時、あ、と思わず声が出た。

「どうしたの？　知ってる人？」

「うん……ちょっとね」

かつてのチームメイトが、画面の中で微笑んでいた。彼女の名前と共に『元オリンピック選手』と肩書が表示される。そう、彼女は選ばれた人だ。

わたしもオリンピックで戦うのが夢だった。その為《ため》にあらゆる努力をしてきたつもりだ。学生時代は朝練をしてから授業に出て、終業チャイムが鳴ると同時に再びユニフォームに着替える生活が当たり前。週末も練習か試合か自主トレに費やす。高校は強豪校だったが一年生からレギュラーを勝ち取り、インターハイの準優勝も経験した。高校卒業後、実業団入りした仲間も多かったが、わたしを含めた何人かは推薦枠で大学に進んだ。

大学でもそれなりに結果を残せたと思う。だからこそ実業団チームからも声をかけてもらうことができた。だけどそこまでだった。それがわたしのピークだった。チームメイトの何名かが日本代表に選ばれる中、わたしは選ばれなかった。焦り、混乱し、追いつめられ、あんなに楽しくて仕方がなかったバレーボールが辛いだけのスポーツになってしまった。だから手を差し伸べてくれた夫に逃げた。結婚に逃げて出産に逃げて子育てに逃げた。

選手を引退しても会社に留まって仕事で成果を出す者や、バレー部のコーチになる者、体育教師になる者、海外チームに移籍する者、コメンテーターやタレントに転身する者など、それぞれが道を見つけていく中で、わたしは何者にもなれなかった。

そして今、夫からも子供たちからも逃げている。わたしは何もうまくできない。何とも向き合えない。

「どうかしたの？　早く食べちゃって。そろそろ行かないと」

つい食べる手が止まっていたようだ。

「ごめん、もうそんな時間？」

サンドイッチを齧《かじ》りながら、慌ててスマホで時刻を見た。

「まだ七時じゃない。図書館は九時十五分開館でしょ。八時半に出れば充分じゃないの」

「うふふ、ちょっと寄りたいところがあるの」

ママの目が夢見るように遠くなって、キラキラと輝きだす。恋する瞳だ。

「もしかして……男の人？」

「正解！」

「誰？　ひょっとしてダーリン？」

「ううん。ダーリンとは別」

「いいの？　ほかの人にときめいたりして」

「いいのいいの、今回の人は別格だから！」

急《せ》き立てられるように食べ、着替えて化粧をしてホテルを出た。電車かタクシーで行くのかと思ったら、徒歩だという。

「ママって大阪に知り合いはいないって言ってなかった？」

「いいからいいから」

曽根崎から大きな国道沿いに、ただひたすら歩いていく。途中で商店街に行き当たり、そこで曲がった。商店街の中を通り抜けるらしい。まだ八時過ぎだというのに、シャッターを開ける音やにぎやかな大阪弁の会話があちこちから聞こえ、すでに活気を感じられる。

「ここは天神橋筋商店街っていって、日本で一番長い商店街なの」

「日本一？」

前後を見てみれば、確かにどちらも果てしなく続いているように思える。

「天神橋筋一丁目から六丁目まで続いていて、二駅分ほどあるらしいわ」

「二駅！　大阪、すごすぎる。……って、ママったらずいぶん詳しいけど、さてはお目当ての人はこの辺りってことね」

「そうなの。天神橋筋一丁目。もうすぐよ」

商店街の十字路を左に折れて少し歩くと、ママが立ち止まった。

「ここだわ」

そこはスタイリッシュなマンションの目の前だった。まだ新しくて、そして、高級そうだ。気後れしてしまう。

「すごいところに住んでるのね。その人、セレブ？　何階なの？」

「やあねえ、住民じゃないわよ」ママはくすっと笑い、「こ・こ」と足元を指さした。そこには当然誰もおらず、マンションのモニュメントらしきT字形をした石が置いてあるだけだ。わたしがぽかんとしていると、

「あたしのお目当ては、こちら」

と、やはりそのモニュメントを指さす。よくよく見ると「川端康成《かわばたやすなり》生誕之地」と刻まれていた。

「川端康成！」さすがにわたしでも知っている。「『雪国《ゆきぐに》』の人だ！」

「日本人初のノーベル文学賞作家ね」

「大阪の人だったのね。知らなかった」

「この場所で生まれたのよ。感激しない？」

ママはスカートが汚れるのも構わずひざまずき、祈るように手を合わせた。

「ずっと来たいと思ってたの。世界的大作家が生まれた場所に」

ママは少しの間目をつぶると、たちあがった。大スターに出会ったファンのように、頬《ほお》が上気している。

「時間をくれてありがとう。もう大満足。これだけで大阪に来た甲斐《かい》があったわ」

「まだ終わってない……というか始まってもないいんですけど」

「ごめんごめん。今日はしっかり調べるから」

ママは甘えるようにわたしの腕に自分の腕を絡ませると「さ、行きましょ」と歩き始めた。

川端生誕地の最寄り駅である南森町《みなみもりまち》駅から、地下鉄谷町線に乗って中央図書館まで向かう。乗り換えミスがないよう、ママがタブレットで確認を始めた。

「ここから谷町六丁目駅で長堀鶴見緑地線《ながほりつるみりょくちせん》に乗り換えて、そこから五駅目の西長堀《にしながほり》駅で降りればいいみたい……あら、ちょっと待って！　谷町六丁目ってもしかして……!?　おお神よ、あたしはここにも寄らなくてはならない運命だわ」

「なにが『おお神よ』、よ。また文学スポット？　今度は誰？」

「なおきさんじゅうご」

「はい？」

「直木《なおき》賞は知ってるでしょ」

「もちろん。毎回発表の時期になると、夫が忙しくなるから。下の名前、さんじゅうごっていうの？　初めて知ったわ」

「もちろんペンネームよ。年を重ねるごとに、直木三十一、三十二、と変えていたらしいの。だけど三十五の時に変えるのをやめて、それ以降はずっと同じ。ちなみに直木、という姓は、本名の植村《うえむら》の、『植』という字を分解したものよ。そして彼も大阪生まれなの」

「川端康成だけじゃなくて直木三十五も生まれてるのか。大阪ってすごいね」

「でしょう！　だからあたし、ずっと大阪に来たかったのよ。でね、谷町六丁目駅の近くには直木三十五の文学碑と、記念館もあって――」

「残念でした。さすがに今日はもう寄り道なし」

「そうね……図書館、開いちゃうし」

　ママはがっくりと肩を落とした。が、乗り換え時に谷町六丁目駅の地下構内を歩きながら、「あたし、直木先生の歩いた道の、その下を歩いてるんだわ。それはそれで特別な感動かも……」と目を輝かせていたので、充分堪能《たんのう》できたのだろう。

　図書館に到着すると早速、二十二年前の大阪市のタウンページを書庫から出してもらった。東部版、北部版、西・南部版の三冊がある。貸出できないので、テーブルに広げて屋号に〝佐藤〟がつくか、または代表取締役が〝佐藤〟姓である会社を調べていった。

建築会社、呉服屋、骨董屋《こっとうや》、薬局、雑貨屋、画廊、印刷会社、宝飾店、料亭、和菓子屋などの三十軒ほどが候補に挙がった。

社名や店名、所在地を全て書き写してリストを作ってから、図書館近くのカフェに移動する。

「リストはできたものの、どうすればいいかな。かたっぱしから電話をかけて聞くしかないのかな」

「電話では教えてくれないと思うから、足を使うしかないでしょうね。エリアごとにわけて、まとめて回りましょう。まず今日は、ここから近いところ。効率よく回れるようにルートを考えましょう」

ママは図書館で拡大コピーしておいた大阪市の地図を開き、リストと照らし合わせて赤でしるしをつけていく。

「ここから一番近いのは北堀江《きたほりえ》二丁目の佐藤建設、それから新町《しんまち》三丁目のサトウ印刷会社、その次は西本町《にしほんまち》二丁目のギャラリー佐藤……あらやだ、靭《うつぼ》公園の近く！」

「どうかしたの？」

「ううん、なんでもないわ」ママは取《と》り繕《つくろ》うように咳払《せきばら》いする。「ええと、その次は……まあ、船場の道修町《どしょうまち》じゃない！」

ママが目を輝かせる。

「まさかと思うけど……また文学スポットだったりする？」

「そうなのよ、困ったわぁ」

そう言いながらも、ママの顔には抑えきれない笑みがにじんでいる。

「靭公園には梶井基次郎《かじいもとじろう》の石碑があるし、船場エリアといえば谷崎潤一郎の『細雪《ささめゆき》』の舞台。その中の道修町には『春琴抄《しゅんきんしょう》』の文学碑もある。ああ、どうしたらいいの」

ママが頬に手を当ててほうっと息をつき、上目づかいでわたしを見る。

「どうしたらいいのって……回りたいんでしょう？」

「やだ、あたしそんなこと言った？」

「だって圧がものすごい。どのみち、通り道なんでしょ？　っていうか、どうして行く先々がこんなに文学スポットとかぶるんだろう」

「運命だからよ……というのは冗談で、まじめにお答えすると、小説の舞台は中心地が多いからだと思うわ」

「ああ……なるほどね、納得」

「そんなに遠回りしなくても寄れるみたいよ。最短距離から、ほんのちょーっと外れるだけでいいみたい」

地図上のしるしからしるしへ、ママがうきうきと凝《こ》ったネイルを施した指を滑らせる。

「まあいいわよ、せっかくだし」

「本当？　涼子ってやさしい！　じゃ、早速行きましょ」

ママは手際よく地図をしまうと立ち上がり、弾むような足取りでカフェを出ていく。うまく丸め込まれたような気がしつつ、わたしも急いで後に続いた。

図書館から歩いてリストのトップにある建築業者へと向かう。

「今更なんだけど……」

真冬の冷え切った空気の中、わたしはマフラーを巻きながら口を開いた。

「突然行って、こちらに佐藤和人さんという方はいらっしゃいますかって聞いて、教えてくれるわけないよね」

ママはくすっと笑う。

「ほんっと今更ね」

「ごめん。でもいよいよとなると不安になって」

「心配しなくてもいいわ。あたしがちゃんと聞いてあげるから」

「今は個人情報とかうるさいし、ママが聞こうが無理じゃない？」

「いいから任せなさいって」

だんだんとビルが増えてきて、いかにもオフィス街といったエリアに出た。高低さまざまなビルを通り過ぎると、『株式会社佐藤建設』と看板の掲げられた五階建ての建物にたどり着く。ガラスドアの内側に無人のカウンターがあり、呼び出し用の電話が置かれていた。

躊躇《ちゅうちょ》するわたしを置いて、ママがガラスドアを開けて中へ入っていく。

「ちょっと待ってよ。いきなり？」

「当たり前でしょ。そのために来たんだから」

「でも、でも心の準備が」

「情けないわねえ。絶対に大阪へ行く、探し出す！　って鼻息荒かったくせに」

ママが受話器を取り、耳に当てる。わたしの緊張はピークに達していた。受話器の向こうから、かすかに応答の声が聞こえてきた。

「お忙しいところごめんなさい。アポイントなしで申し訳ないんだけど、リフォームの相談に乗っていただきたいの」

わたしは唖然《あぜん》としてママを見る。すると、「はい！　すぐに参ります！」と張り切った声が聞こえた。

「ね？　お客になればいいのよ」

ママがわたしにウインクしたと同時にカウンター奥のドアが開き、スーツ姿の女性が現れた。

彼女は丁寧に頭を下げ、ママとわたしに名刺を渡した。ママも名刺を渡している。どうぞ応接室に、と案内しようとする彼女に、ママが言った。

「ごめんなさいね、ちょっと急いでるの。こちらに依頼することは決めてるから、今日は簡単なご挨拶《あいさつ》だけにさせてちょうだい。お店の内装をイメチェンしたいの。水回りも取り替えたい。予算は二千万ほど。工期はお任せするわ。それ以外の細かいことはこれからメールでやりとりしましょう。いかが？」

彼女は少しの間ぽかんとしていたが、パッと笑顔になると、「是非！　ありがとうございます！」と勢い良く頭を下げた。

「あら……お客様の店舗は東京でいらっしゃいますか？」

あらためて名刺を見て、目を見開く。

「ええ。もちろん出張費も滞在費もお支払いするわ」

「いえ、関東にも小さいですが事務所がありますし工員もおりますので、そちらは大丈夫です。ただ、なぜ弊社にいらしてくださったのかと」

「とっても良い評判を聞いたから。ええと……佐藤和人さんっていう方から。こちらの経営者一族じゃないかしら」

うーん、と彼女は首を傾《かし》げた。

「佐藤は確かに弊社の経営者の姓ですが、その一族にも役員の中にも、和人という名前の者はおりませんねえ」

「あらそう？　今四十代半ばで、東京のW大学ご出身で、野球をされてた方だけど」

「そういう者はおりません」

彼女は残念そうに首を横に振った。

「あの、もし佐藤和人という方が弊社の人間でなければ、このご依頼は……」

「ああ、心配しないで。それに関係なくお願いするわ」

「本当ですか⁉　ああよかった！」

「混乱させてしまってごめんなさいね。きっと名前を間違って覚えてしまったんだわ。ではまた改めて連絡するわね。どうぞよろしく」

ママが右手を差し出すと、彼女は両手で握りこみ、そこに額がつくくらい頭を下げた。

「こちらこそよろしくお願いいたします！　一生懸命担当させていただきます！」

「——さすがママね」

佐藤建設を出て次の会社に向かいながら、わたしは感心していた。

「こんな方法、思いつかなかった。っていうか、そもそも依頼できる予算もないし」

「うふふ、まあ年の功よ」

「ママって何年生まれ？」

「やあねえ、あたしは車じゃないのよ」

ママはころころ笑いながら、ハイヒールで颯爽と歩き続ける。豊かな髪。シミも皺《しわ》もない肌。これまでの会話から察するに、わたしより年上なのだろうが、とてもそうは見えない。年齢不詳の美魔女だ。

「本当にリフォームを頼むつもり？」

「当たり前でしょう。でないとただのひやかし。迷惑じゃない」

「でも二千万も……」

「いいのよ。どうせどこかに頼むつもりだったし」

「……ママ」

「なあに？」

「文学スポット……ちょっとゆっくりめに回ってもいいよ」

わたしがそう言うと、ママは嬉しそうに「ありがとう。そうさせてもらうわね」と微笑んだ。

それからリストにある印刷会社、画廊、食器店などを回り、その行く先々でママは顧客になった。印刷会社では客に送るポストカードや店名入りのレターセットやメモ帳を大量に注文し、画廊では店に飾る絵画と彫刻を購入し、食器店では店名を刻印したクリスタルグラス百客を特注した。

そしてもちろん、やり取りの中でさりげなく佐藤和人のことを尋ねる。しかし残念ながら、誰にも心当たりはなかった。今のところ手掛かりを摑めてないとはいえ、迷惑をかけず、怪しまれずに、和人を探すことができるのは、ママが各会社に大金を落としてくれるおかげだ。

「さあ、次はいよいよ船場の方ね。靭公園を通り抜ければいいのよ」

うきうきと歩くママについていくと、オフィス街を南北に分断するように横長に広がる公園が現れた。想像以上に大きくて、ジョギングをする人や自転車に乗った人がたくさん横切っていく。近隣の人々にとってのセントラルパークといったところだろう。

「緑が多くて、素敵な公園ねえ」

冬なので芝生は茶色く枯れてはいるが、木々は濃い緑を保《たも》ち、赤い椿《つばき》や色とりどりのすみれなどが彩《いろどり》を添えている。川や噴水もあり、心が安らいだ。

公園の案内板を頼りに、文学碑を探す。探検するようにあちこち歩き回り、やっと見つけたそれは、木々に囲まれ、落ち葉のなかに静かにたたずんでいた。

びいどろと云《い》ふ色硝子《ガラス》で鯛《たい》や花を打出してあるおはじきが好きになっ

たし　南京玉《ナンキンだま》が好きになった
またそれを嘗《な》めて見るのが私にとって何ともいへない享楽だったのだ
あのびいどろの味程幽《かす》かな涼しい味があるものか
梶井基次郎「檸檬《れもん》」より

「『檸檬』っていう作品、知ってる？」

「ううん、知らない。ここに刻まれているのは、子供がおはじきをなめてる場面なの？」

わたしはおはじきをなめたことはない。けれどもドロップのように透き通ったガラスをなめたいと思う気持ちはよく理解できるし、この文章を読んだだけで、無味でありながら奥深い味わいを自分の舌にも感じられるような気がした。

「おはじきをなめてるのは、大人よ。主人公」

「え」

「こんなことに楽しみを見出すくらい、主人公は鬱屈《うっくつ》した人生を送っているの。そして最後に、カリフォルニア産のレモンを買って、それを丸善《まるぜん》っていう本屋さんで画集の上にこっそり置いて出ていく。彼にとってそれは爆弾で、全てを吹っ飛ばすことを夢想してるの」

「レモンが爆弾？　作家の人って、やっぱり凡人とは感性が違うのね」

「その丸善は京都にあってね、主人公が行った店舗はもう閉店したけど、現在の京都本店には作品に倣《なら》いたいお客様のために、レモンを置ける籠《かご》が設置されてるんだって。粋《いき》よねえ。東京に戻る途中で、レモンを買って京都にも寄らなくちゃ」

新たに算段を始めながら、ママは文学碑の隣でポーズを取る。写真を何枚も撮ってあげた後、再び歩き出した。公園を抜けて道路に出ると、ママが「ああ！」と叫んで両手を広げた。

「ここが船場なのね！『細雪』の鶴子《つるこ》、幸子《さちこ》、雪子《ゆきこ》、妙子《たえこ》……蒔岡《まきおか》家の四人姉妹がいた場所を歩いてるなんて夢みたい」

「その四姉妹は実在するの？」

「ううん。だけど谷崎潤一郎の松子《まつこ》夫人と、その四姉妹がモデルだと言われているわ。この作品の中で話されている言葉が、また素敵でねえ。大阪弁とも違う、船場言葉っていうのよ。谷崎潤一郎は関東出身だけど、震災を機に関西に来て、言葉にものすごく惹《ひ》かれたらしいの。あたし、その気持ち、すっごくよくわかる。憧れて、何度も何度も音読したのよ」

ママは喋《しゃべ》り終わると、歩きながら大きく口を開け、すーはーすーはーしている。

「やだ、何してるの？」

「だってこの街を、谷崎潤一郎大先生が歩いたのよ。思いっきり空気を吸っておきたいじゃない」

「呆れた」

「だって〝推し〟だもの」

「〝推し〟かあ」

わたしの〝推し〟はバレーボール界の伝説的存在である、東洋の魔女たちになるだろうか。当時、決して身長、体格共に恵まれているとは言いがたかった日本人女性たちが、一九六四年の東京オリンピックで強豪国を制圧し、金メダルを獲得した。魔女たちは大阪府貝塚《かいづか》市から輩出している。猛特訓した体育館は何年か前に取り壊されてしまったが、もしも現存していれば確かにわたしも訪れてみたかったし、すーはーすーはーしていたかもしれない。

　街の息吹を味わいながらゆっくり歩くママについていくと、小さな神社へ到着した。少彦名神社、と書いてある。

「なんて読むの？」

「すくなひこな神社。医薬の神様を祀《まつ》っているのよ。ここは船場の中でも道修町っていうエリアで、かつては薬種商が集められて、全国に流通させていたの。今でも道修町に本社を置く製薬会社も多いんですって」

　確かに、ここに来るまでにも薬局や漢方薬の看板をたくさん目にした気がする。

「どうして医薬の神社に、『春琴抄』の碑《えりいし》があるの？」

「春琴の実家が、薬種商なのよ」

「ああ、なるほど」

　注連柱《しめばしら》をくぐってすぐのところに大きな岩があり、パネルがはめこまれていた。「春琴抄の碑」と毛筆体で書かれている。

「わあ、『春琴抄』の冒頭だわ」

　パネルには、谷崎潤一郎の手書きと思われる原稿用紙が印刷されていた。ところどころが黒く塗りつぶされ、脇に修正した文章が書き添えてあるなど、なまなましい息遣いを感じる。

わたしはこのとき生まれて初めて、教科書で読んだ物語の数々が、わたしと同じ人間によって書かれたのだということを意識した。わたしにとって物語は単なる文字の羅列でしかなく、正直、ＡＩが書いたというものと感覚的に変わらなかった。

けれどこの原稿を見た時、ものすごく遠い昔の人が、悩みながら、ひと言ひと言を吟味《ぎんみ》しながら、自分の中に宿った物語を世に産み出そうとしていたのだとわかった。そして産み出したものがずっと先の人間に――わたしにも――届くことを願って綴《つづ》られたのだということも。

「こんな流麗な字を書かれる方だったのね」

ママが震える指先で原稿用紙の部分をなぞる。その声は静かだが熱を持っていて、興奮が伝わってきた。

「『春琴抄』って、どんなストーリーなの」

「盲目で美しく、わがまま放題のお嬢様、春琴を、佐助《さすけ》という丁稚《でっち》が崇拝していて、滅私《めっし》的に支えるお話。究極の愛と献身の物語ね。最初読んだときは衝撃を受けた。二人のように愛し、愛されたいって思ったわ」

「身分違いの恋か。もしかしてこれも心中ものだったりする？」

「ううん。生きたまま愛を貫《つらぬ》くわよ」

「よかったぁ。じゃあハッピーエンドね」

「美しかった春琴は、暴漢に襲われて顔に傷が残ってしまうの。絶望した春琴のために、佐助は針で両目をついて自ら盲目になって、二人は幸せに暮らすのよ」

「……ずいぶん壮絶ね。わたしの想像したハッピーエンドとは違うわ」

「佐助は見えなくなることで、春琴を、自分の愛を、そして二人の世界を守ったのよ」

「だったら見えなくなったふりでよかったのに。なにも本当に自分を傷つけなくたって」

「涼子ったら、興をそぐことを言うのねえ」

「だって春琴の介助ができなくなってしまうじゃない。見えないって申告するだけで春琴を守れたんじゃない？」

「ドライな女ね」

ママはすっかり呆れたように、長い髪をひるがえして歩き出した。きっとわたしには小説を味わえるセンスがないのだろう。


地図を頼りに少彦名神社から十分ほど歩いたところで、ママが立ち止まる。ごく普通の低層ビルやモダンな個人店が並ぶ通りに一軒だけ、木造に瓦屋根《かわらやね》という、いかにも老舗《しにせ》らしい店があった。リストの情報によると、呉服屋であるらしい。瓦屋根に据えられた木製の大きな看板には、「佐藤商会」と金色に彫りつけられてある。その金色も渋くくすみ、それが重ねられてきた年月の厚みを感じさせる。これぞ谷崎文学時代の船場、といった佇《たたず》まいだ。

これまで訪れた会社や店舗とはあきらかに違う重厚な雰囲気に、無意識につばを飲み込んでいた。ふと横を見ると、ママの背筋も緊張気味に伸びている。

ママが木製の引き戸を開けた。

「すみませーん……お正月用の着物を見立てていただきたいんですけど」

店内は広く、その半分は畳座敷《たたみざしき》になっていた。店内のあちこちで、着物が衣装掛けに広げられている。どの模様も華やかで見事で、ああ着物というものは衣料でありながら芸術品なのだと実感する。

店内は静まり返っている。誰もいないのかと思った時、衣装掛けにかけられた着物の陰《かげ》から若い男が現れた。

「すんません、今日はやってないんです」

小さな声で優しく話す男性だった。ウィスパーボイスというのだろうか。黒いハイネックのシャツに、黒いジーンズ。呉服屋なのに和装でないのは、休みだからだろう。

「あら……そうだったんですね。失礼しました」

ふと、男の背後に、小柄な老婦人がいることに気がついた。朱色の絞りの着物を粋に着こなし、豊かな銀髪を結い上げた老婦人。谷崎作品に出てくる女性は、このご婦人のような人なのではないか。勝気そうに吊り上がったまなじりが、なぜだかママに教わったばかりの春琴に重なった。

わたしとママは会釈したが、女性は応じない。青年が「すみません、ほとんど目が見えてないんです」と耳打ちした。婦人はレンズに紫色のグラデーションがかかった眼鏡《めがね》をかけているが、ファッションではないらしい。目も不自由となれば、ますます春琴に重ねてしまう。

「あんたらに売るもんなんか、あらしませんで」

思いがけないきつい言葉に、ママとわたしはぎょっとする。

「おばあちゃん、間違えて入って来はっただけやんか」

やはり囁くような優しい声で、青年がたしなめた。祖母と孫の関係らしい。

「さっさと帰ってな。目ぇがアカンようになったから、もう店を畳むんや」

「おばあちゃん……」

「たくさん片付けがあるねん。作業を中断させられて迷惑やわ。はよ出てって」

ずいぶんな言われようだ。いくら休店日に来てしまったとはいえ、ここまで辛辣《しんらつ》だろうか。何か言い返してやりたいと思ったが、ママがわたしの腕を摑んで首を横に振った。

「お休みのところ失礼いたしました。さ、涼子、行きましょ」

そのまま引きずられるようにして店の外に出た。


「あんなの、ありえなくない？」

わたしは憤慨《ふんがい》して、つい足取りも荒くなっていた。

「ま、仕方ないわよ。店にはお客を選ぶ権利があるんだし」

ママは意外とあっさりしている。

「ムカつかないの？　だいたい、失礼だよ」

「切り替えなさい。カズトのことを聞けなかったのは残念だけど、とりあえず今できることは次の場所を回ることよ。次で今日のリストは最後よね」

ママが地図を出して確かめる。

「あらまあ、次も佐藤商会……あ、違う、佐藤商店だわ。まぎらわしいわね」

骨董屋である佐藤商店は、呉服屋とは二十分ほど離れていたが、老舗らしい店構えがよく似ていた。表に面したガラスの出窓には年代物のランプや置時計、初期のタイプライター、箱に収められた古銭や切手が陳列してある。

木製のドアを開けるとカウベルが鳴り、「いらっしゃい」と穏《おだ》やかな高齢男性が奥から顔を出した。店の主人だろうか。赤と緑のツイードのスーツが似合っている。船場という土地柄、おしゃれな人が多いのだろう。さっきとは違って好意的な対応にホッとする。

和柄をステンドグラスにした吊り照明が、棚に陳列されたビスクドール、オルゴール、ミニチュア家具などを優しく照らしている。店の中央にはビロードのソファセットや、木目の美しい猫脚のダイニングテーブルなど、大型の家具が展示されている。和モダンの、素敵な空間だった。

「もしかして、昨日のテレビを観《み》て、さっそく来てくれはったんですか？」

主人は嬉しそうににこにこしている。

「テレビ？」

「あれ、ちゃうの？　夕方の『来てみて探訪』コーナーで道修町特集やってくれて、うちも取り上げられたから、てっきり、それでかと」

「たまたま通りかかったんです。素敵なお店ですね」

「よかったら、ゆっくり見てってください」

「こちらのソファセット、気に入りました。売約済みでなければ購入させていただけますか？　あと、あそこにある簞笥《たんす》とランプも」

「ほんまですか？　おおきに」

ほくほく顔で主人がレジのあるカウンターへ行き、伝票を取り出す。

「ママ、こっちのランプも可愛いよ」

わたしが言うと、伝票を開いていた主人が顔をあげた。

「ママ……？」

「ええ、銀座でバーを経営しているの」

「銀座のママさん？　一流やねえ。ほんならソファセットも、お店用ですか？」

「そのつもりよ」

「いやあ、さすがやね。やっぱり銀座でお店を出してはる人はお目が高いわ」

商売柄なのか生来なのか、のせるのがうまい。

伝票が出来上がり、配送日を決め、その場でスマホから代金の振り込みを済ませると、ママが聞いた。

「ところで佐藤和人さんという方、ご存じないかしら。平和の和に人という漢字で、東京の大学を出た四十代半ばの方なんですけど」

「うーん、和人さんねえ……知りませんなぁ。ちょっと行った所に『佐藤商会』っていう店もあるんやけど、そっちでも聞いてみたらどうやろか」

「実は先ほど寄って来たの。屋号も似ているし、店構えも似てるけれど、系列店かしら？」

「あはは、ややこしいやろ？　昨日のテレビでも、『W《ダブル》佐藤』のお店って紹介されたくらいなんですわ。でも系列店ではなくて、ただの偶然やねん。店構えはね、もともと昔はここら一帯こんな感じやったんですよ。でもよそがどんどん建て替えた中で、うちと佐藤商会さんだけが変えへんかったんです」

「ああ、なるほど」

「あそこのおかみさん、べっぴんやろ？　若い時はもっと綺麗《きれい》やってんで。っていうか、おかみさんは佐藤和人さんのこと、どう言ってはったん」

「いえ……聞く前に、わたしたち追い出されちゃったんです」

わたしが言うと、主人が目を丸くする。

「なんで？」

「わかりません。わたしたちに売る物はないって」

「なんでやろ……そんなイケズな人とちゃうねんけどなあ」

主人は首をかしげる。

「お孫さんもいたわね。若い男性よ」

「ああ、のり君な。めっちゃ優しい子ぉやで」

「彼の対応は普通だったんだけど、とにかくおかみさんがさっさと帰れって、すごい剣幕だったの」

「ううーん、変やなあ」

「目が不自由だそうですが、昔からですか？」

わたしが聞く。

「目ぇ？　誰の？」

「おかみさんです。ほとんど見えないって」

「えー。緑内障もあるし、紫外線は避けなアカンってサングラスかけたはるけど、普通に見えるはずやけどなあ。そもそも、あの人が目ぇアカンようになったら、本が読まれへんって暴《あば》れはるわ」

「本がお好きなんですか？　ママと同じだわ」

「いや、おかみさんの好きは、異常なレベルやで。日本のでも海外のでも片っ端から、毎日二、三冊は読む。作品の背景、キャラクターの名前やセリフは完璧に覚えてる。本のカタログを取り寄せて日がな眺めてる。古本屋を回るためだけに旅行へ行って、金に糸目をつけず本を買ってくる。まあ何年か前に旦那さんが先立ちはってから、余計に本にのめりこんでははるわ。だからおかみさんが見えんようになったら、もう大騒ぎや。わしらの耳に入らんはずがない」

「じゃあ事実ではないのね。そういう言い訳をしてまで、あたしたちを店に入れたくなかったってことだわ」

　ママがため息をついた。

「なんでだろう。理由がわからない。それこそ謎だわ。ママ、得意の謎解きをしてよ」

「謎解き？」

　主人が興味を持ったのか、身を乗り出してくる。

「ママはバーを経営してるけど、作家を目指してて、ものすごくたくさん小説を読んで研究してるんです。本の知識ならママだって負けないと思いますよ。それに、その知識を使って謎を解いてしまうんだから」

「えー、小説の知識で？　まさかぁ」

信じていないのか、主人が大笑いする。

「わたしも最初は半信半疑でした。だけど過去や悩みを言い当てられちゃうし、しかも昨日なんて曽根崎で起こった殺人事件まで解決したんですよ」

「ほんまに？　ふうん、そうか……謎か……」

主人が少し考え、立ち上がった。

「ほんなら解決してほしいことあるなあ。ちょっと待ってて」

主人はカウンターから、一枚の写真を取って戻ってきた。

「実はな、一ヵ月前、盗まれたものがあるねん」

「あらまあ。なにを盗《と》られたんですか？」

「いや、それが変な話でねえ、これですねん」

主人が写真を見せる。記念盾だろうか、木製らしき四角いプレートに、『道修町××商店組合　佐藤商店』と印字されている。

「……盾？　しかも、この商店組合の？　高価なものなんですか？」

「まさかまさか」

主人は片手を横に振る。

「この辺りに街灯をつけようっていうプロジェクトがあって、うちからも寄付させてもろたんですわ。完成したんで、その記念の盾ですねん」

「こう言ってはなんですけど、千円も出せば買えそうなものですよね」

「そうやろ？　見てみ、この下品な赤い色。ブラッドウッドっていう高級木材があるんやけど、それっぽく見せようとして塗ったんちゃうかな。余計に安もん臭くなっとる。なあ、なんでこんなもん盗んだと思う？」

「どこに置いてあって、どういうふうに盗られたんですか？」

「もろたから一応は飾らんと悪いと思って、店先のショーウィンドウに置いたんや」

「ランプとかタイプライターのある場所ですね？」

ママは振り返り、店先にあるガラスの出窓を確認する。

「そうそう。見てわかるように、店の中からは特に仕切りをつけてないねん。ウィンドウにあるもんは、お客さんから値段を聞かれることしょっちゅうやから、すぐに手に取って値札を見れるようにしてる。それにどっちみち、あそこに飾るのは、そんなに高価じゃないものばっかりやし。で、ドアのカウベルが鳴って、はいはーいって奥から出てきたら、すでに誰もおらんかってん。つまり店の外から狙《ねら》いをつけておいて、ドアを開けて盾を摑んで、ドアが閉まる前にダッシュで出て行ったってことやろなあ。最初は万引きかと思って警戒して在庫を調べたけど、盗られたのは盾だけやってん」

「警察には？」

「一応届けた。その辺の指紋とか採ってたけど、まあ犯人は手袋してたに決まってるわなあ。特になんも出なかったって。防犯カメラも、つけようつけようと思いつつ、まだやったしなあ」

「本当は盾の近くにあった目当てのものを盗るつもりが、思ったよりご主人が早く来たから慌てて盾を摑んでいったとか」

「うーん、それはないやろなあ。だってそれやったら、盾よりも古銭とか切手の方が小さくて盗みやすいんちゃう？」

「ごくごく普通の、安価な盾……」ママは頰に手を当てて、考える。「だけど犯人にとっては、そうではない」

「え？」

「ちょうどさっき、靱公園で梶井基次郎の石碑を見てきたわ。『檸檬』という作品、ご存じかしら」

「『檸檬』？　すんまへん、呉服屋のおかみさんとちごて、小説なんていっこも読まへんから。知りまへんなあ」

頭を掻く主人に、ママはざっと作品の概要を説明した。

「だからあの作品の主人公にとっては、レモンは爆弾なの。それをお店に置いて出て、爆発するところを夢想するわけ」

「はあ」

「どこでも買えるレモン。特別高価でも珍しくもないレモン。でもレモンであって、レモンじゃない。だからこれも、一般人の目には盾にしか見えないけれど、犯人にとってはそうではないんだわ。別の意味があるのよ」

「別の意味、言うたかて……盾にそんな意味、あるかいな」

「あるのよ必ず。それに、そういうことを掘り下げるのが、小説だから」

「いやいや、そんなこと言うたかてぇ」

「この盾は、ずっとここに飾ってあったのかしら？」

「もらった次の日に盗まれたからなあ」

「まあ、次の日に？　もらった日付はわかりますか」

「設置記念パーティがあって、そこでもろたから、一ヵ月くらい前で――ああそうや、十一月二十二日やった」

「パーティがあったのね」

「パーティっていうても、難波《なんば》の中華料理屋を貸し切った、ただの飲み会やで。理由をつけて集まって、組合費で飲み食いしたいだけやから」

「そこで盾をもらった、と」

「一応、店ごとに前に呼ばれてな。すでに全員ぐでんぐでんやし、わしも足元ふらっふらで前に出て、受け取って、お辞儀して――あ、写真あるわ」

　スマートフォンを出してきて、集合写真を見せてくれた。三十名ほどが、盾を正面に持って笑顔を見せている。そこには呉服屋の佐藤さんも写っている。

「おかみさんもいらっしゃったんですね」

「同じ組合やし、寄付してはったからな。みんな、なかなかええ顔して写ってるやろ？　昨日のテレビでも、この写真が使われてたんで」

「パーティの後はどうされましたか」

「店を変えて二次会、三次会まで出てから家に帰った……そんなもんやなあ」

「盾は鞄に？」

「いやあ、鞄なんて持ち歩いてへんから、むきだしで持って帰ったわ。箱ももろうたけど、カタカタいうて持ちにくいから捨てたった」

「なるほど……」

ママはじっと考え、ふと何かを思いついたように聞いた。

「家に帰るまでに、なにかありませんでしたか？」

「いやー、特になんもないけどなあ。三次会が終わってやっとお開きになって、そっからタクシーに乗って帰ってきただけ――あ、そういえば」

主人がぽんと手を叩いた。

「タクシーを拾おうと思って歩いてたら、猫がおってな。野良《のら》ちゃんな。わしらが子供の頃はそこら中におったけど、最近はおらんやろ？　もうわし猫好きやから、嬉《うれ》しなって、酔っぱらってふらふらやってんけど、追いかけていってん。そしたら細い、誰も通らんような路地に入ってしまった。そこで見失ってしもて。真っ暗ななか、猫ちゃーん猫ちゃーんって地面を見ながら歩いてたら、向こうから走ってきた人にぶつかってしもうてん。こっちは前を見てへんし、あっちはえらい勢いで走ってきたから、もう、思いっきり、正面から体当たりやで。前に盾を抱えてたから、ぶつかった時、相手の人はめちゃくちゃ痛かったんとちがうかなあ。いやあ、あれは申し訳なかったわ」

「走ってきた人……正面からぶつかった……」

　ママはしばらく、じっと考え込んだ。

「難波とおっしゃいましたか？」

「うん」

「十一月二十二日でしたね」

　ママはスマートフォンを取り出す。何度かタップし、目的の情報を探しているのか、しばらくスクロールしていた。

「――これだわ」

　ママは頷き、主人を見る。

「警察が来た時、担当者の名前と連絡先をもらっているわね？　すぐにその人に電話してください。重大事件だと」

「え……ええ？　重大事件？　あんなちっぽけな盾が？」

「今回の盗難被害は少額だから、せいぜいこの周辺しか捜査してないと思う。だからもっと広範囲に防犯カメラを調べてもらってください」

「なんでまた」

「『十一月二十二日』、『難波』、『事件』、で調べたら、強盗殺人事件のニュースが出てきたわ。『二十四時頃、通報があり、難波〇丁目の三十歳の会社経営の男性の自宅に警察が駆けつけたところ、住人と思われる男性が血を流して倒れているのが発見され、搬送先の病院で死亡が確認されました。現場からは走り去る男が目撃されており、警察は行方を捜しています。部屋は荒らされ、また争った形跡があることから警察では強盗殺人として捜査を進める方針です』――」

「強盗殺人事件……？」

「ご主人がぶつかった男は、事件を起こした直後で、警察から逃げていた。だから誰も通らないような、細い路地を走っていたのよ」

「だけどママ、逃げるなら普通は車を使うんじゃない？」

わたしが聞くと、ママは首を横に振った。

「難波のように人でごった返している繁華街では、車は不利よ。それに車種やナンバーで特定されるリスクもある。大都会では身一つで逃げた方が隠れやすいわ」

「確かに……」

「争った形跡がある、ということは、犯人も反撃されて怪我を負っていた可能性がある。そこへ真正面から、盾を持ったご主人と思い切りぶつかった。血液や皮膚片が付着しても不思議じゃないわ。そして被害者の返り血も一緒についた」

「あ……」

「だけどその時、犯人は逃げるのに必死で、そこまで頭が回らなかった。とにかく難波から離れたかった。盾とご主人のことを心配し始めたのは、逃げ切って、冷静になってからじゃないかしら。被害者と自分の血液や皮膚片が同時に付着したものが存在したら、動かぬ証拠になってしまう。犯人は、盾に大きく印字された『道修町』『佐藤商店』を覚えていた。そして証拠隠滅に訪れた――」

「ああ、なるほど……」主人が唸《うな》った。「盾は赤色やった。少しくらいやったら血がついても、気づかんかったかもしれんな」

主人は立ち上がりレジのあるカウンターへ行くと、「警察の人の連絡先、どこやったかな」と探し始め、ふと手を止めた。

「せやけど、実物は盗まれてしもてるわけやんか？　もうDNAは採られへんわけやし、悔しいけど、もうどうもできんよなあ」

「そうでもないわ。DNAや指紋の情報を恐れたということは、その人物の情報が警察のデータベースに登録されているということ。つまり逮捕歴がある人に絞られる。事件から一ヵ月たってるから、あの夜の難波周辺の防犯カメラの解析は進んでるはず。あとは盾を盗まれた日の道修町の防犯カメラの映像と照らし合わせれば、さらに絞れるんじゃない？」

ママが微笑むと、主人は「そういうのんも小説の知識でっか。はあー、ママさんは、すごいお人でんなあ」と感心しながら電話をかけた。


警察の担当者がやってきて、すぐに捜査を開始すると約束してくれたのを見届けてから、ママとわたしは佐藤商店をあとにした。

「さあ、これで今日のリストは終了。帰りましょうか」

ママが歩きながら、うんと伸びをする。

「あーあ、佐藤商会でカズトのことを聞けなかったの、心残りだなあ。ねえ、どうしてわたしたちを追い出したんだと思う？　目が見えないだなんて嘘までついて。ママの推理力をもってしても、謎は解けない?」

「ばかね、そんなの推理力なんてなくても、とっくにわかってるわよ」

「なんだ。だったら早く教えてよ」

「あら、本当にわからないの?　あたしが化粧して女のかっこうをした元オトコだからに決まってるじゃない」

「……え?」

「まだまだ偏見は根強いわよ。こんなこと、しょっちゅう。気にしてられないわ」

「そんな……でも、だったらどうして目が見えないなんて……」

「あたしのことを見た目で判断したわけじゃないって言い訳がたつからでしょ。店主が差別したって批判されないように。頭いいわよね」

颯爽と歩きながら、あはは、とママは笑い飛ばす。だけどわたしはショックだった。ママが自分のことをそんな風に考えるなんて。ママに自虐なんて似合わない。ママにはどんな時でも、堂々と美しさを誇ってほしい。

「そんなことないよ。絶対にない」

「ありがとう」

「呉服屋さんみたいに美を扱う人が、しかも谷崎文学の舞台で長年ご商売してるような人が、そんなに器量がせまいはずないよ」

「涼子って、やさしいわね」

「慰めようとして言ってるんじゃない。本当にそう思ってるんだから」

「わかったわかった」

「信じてないでしょ」

「はいはい信じてまーす」

「全然信じてないじゃん」

「涼子の気持ちは嬉しい。だけどそれが現実なんだってば。そもそも、そうじゃないなら、いったいどういう理由で、目が見えないだなんて嘘をつくわけ？」

「それは……」

そうなのだ。なぜ理由もなしに、しかも一見《いちげん》の客に対して、目が不自由だなんて嘘をつくのか。確かにママの意見の方が筋は通る。やっぱり差別だったのかな——悲しくなりかけたとき、ふっと『春琴抄』が思い浮かんだ。

「——守りたいから」

「え？」

「見えないことによって、守りたいからよ」

「は？　意味が分からないんだけど」

「だって佐助は盲目になることで、春琴や自分を守ったんでしょ」

「だから何なの。誰が、誰を守るっていうの」

「——いや、それはわからないけど」

「無理やりこじつけようとしないで。よけいに哀《かな》しくなるわ。もうこの話はやめましょ」

ママは呆れたように、さっさとわたしを追い抜いていく。もしかしたらわたしは慰めるどころか、ママが触れてほしくないところに触れてしまったのではないだろうか。

ごめんねママ――声をかけようと追いついた時、ママがぴたりと立ち止まった。

「……守る……？」

突っ立ったままママは目を閉じ、独《ひと》り言《ごと》を呟き始める。

「ということは、あれはどういう意味？　ううん、そうじゃなくて……ああ、もしかしたらあれは……」

「ママ、どうしたの？」

顔を覗き込んだ時、ママが目を開けて叫んだ。

「大変！　すぐに戻らないと危険だわ！」


ヒールをものともせず、すごい速さで走るママの後ろを、わたしは必死で追いかける。

どういうこと？

なにが大変なの？

それに……危険って？

ママが戻ったのは、呉服屋の佐藤商会だった。先ほど訪れた時と違って、表にはシャッターが下りている。が、ママはかまわず、シャッターを思い切り叩いた。

「すみません。さっき寄らせていただいた者です。忘れ物をしてしまって」

返事はない。耳を澄ますが、何も聞こえない。

「お願いします。すぐにすみますから」

大声で呼びかけながら、シャッターを叩き続ける。がしゃんがしゃんと耳障《みみざわ》りな音が通りに響き渡った。少しすると、中から慌てたような足音がして、シャッターが開いた。おかみさんと孫が、訝《いぶか》しげな顔をして立っている。

「あんたら、何考えてんのん？　やってへんっていうんが、わからしませんか。しかも忘れ物やなんて、ほんま迷惑やわ」

すごい剣幕で怒るおかみさんの隣で、孫が気弱そうに首をすくめている。

「ごめんなさい、忘れ物は嘘なの。だけどあの後、おかみさんが稀覯《きこう》本を買い集めていらっしゃると噂《うわさ》で聞いて」

「あんたに関係ないやろ。はよ帰ってください」

「でも、キャサリン・ストケットの本なのよ。どうか買い取ってくださらないかしら」

一瞬おかみさんは眉を寄せたが、ハッと目を見開いた。

「キャサリン・ストケットの本——ほんまに？」

「ええ」

「あんたが？　ほんまに？　ほんまに売ってくれんの？」

「もちろんです」

よほどの貴重書なのだろうか、おかみさんが喰いついている。

「おばあちゃん、買い取りなんて、すぐに決めない方がいいよ。日を改めてもらったら？」

孫が心配そうに言う。

「ごめんなさい、お孫さんにしたら、ご心配よね。お孫さんも、本は詳しいのかしら。デレク・ハートフィールドなんて、お好き？」

「ごめんなさい、僕、本はあんまり」

柔らかく微笑んで、首を横に振る。

「デレク・ハートフィールドは、ええなあ」おかみさんが頷いた。「のり君には、アブドル・アルハズラットもええかもしれんな」

「なるほど、アブドル・アルハズラットもいいですね」ママが胸の前で拍手する。「さすがです。素敵なご趣味だわ。では買い取りしていただけますね？」

「ええ、ぜひ」

おかみさんの態度がすっかり丸くなっている。コレクターには垂涎《すいぜん》ものの本なのだろうか。

「でも……買い取りいうても、どないさせてもらったらええんやろ」

おかみさんが、少し不安げにママを見上げた。

「ご心配なく。こうさせていただくわ」

ママはにっこり笑うと、風の速さで一歩踏み出し、孫の顔面に拳《こぶし》を打ち込んだ。

「ほんまにありがとうございました」

おかみさんが座敷に正座し、手をついて頭を下げた。優雅で、堂に入った所作。あらためて、谷崎文学の住人みたいだと思う。

座敷の片隅には、背後に回された両腕と両足を結束バンドで固定された男が、気絶したまま転がされている。もうすぐ警察が来ることになっていた。

「ご無事でよかった。真相に気がついたとき、血の気が引いたわ。危害を加えられた後だったらどうしようって」

「ちょっと待って。おかみさんとママの間では話が通じてるみたいだけど、わたし、何もわかってないいんですけど。これはいったい、どういうことだったの？」

「涼子ったら。今回も、あなたの言葉がヒントになったのに」

「わたしの？　何を言ったっけ」

「見えないことは守ることだって」

「ああ……」

ママのプライドを守りたくて、なんとか絞り出した言葉。だけど、それがどうヒントになったのだろうか。

「順を追って話した方がよさそうやね」

おかみさんが話し始めた。

「今日、ほんまに定休日やったんです。でも昨日テレビで紹介されたから、臨時営業しようと思ったんです。タクシーで店の前について、いつもみたいに電動シャッターのリモコンを押しました。シャッターは開くのに時間がかかるんで裏口から入るんやけど、ドアが半開きやったんです。なんの疑いもなく、時々手伝いに来てくれる孫やと思いました。だから入って『のり君、来てんの？』って声かけました。そしたら、全然知らへん男が店のなかを探ってるんです。目が合いました。心臓が止まるかと思いました。向こうも焦ったと思います。

そうっと天井の防犯カメラを見たら、バットか何かで壊されてました。

男がジャンパーのポケットからナイフを出すのが見えました。顔を見られたから殺すつもりなんや。わたし、ここで死ぬんや——そう思った時、とっさに言うてました。『のり君、よう来てくれたね、ほんま助かるわ。おばあちゃんな、あれから緑内障が進んで、もう、ほとんど見えんようになってしもてん。だからなあ、そろそろ店、畳もうと思てんねん。片付け始めるから、手伝ってくれへん？　欲しいもんは、なんでも持って行ってええから』って。

緑内障はほんまです。日常生活はできるけど、視力がかなり落ちてることも。目医者さんに勧められて色つきの眼鏡してるし、膝が痛いから、白ではないけど杖《つえ》も持ってる。なんとかこの男が信じてくれたらと、祈る気持ちでした。だけど——」

だけど男は、ナイフをしまわなかった。それどころか、持ったまま、じりじりと近づいてくる。震えあがったが、顔には出さず、話し続けた。

「バイト代もはずむで。どうや？」

男は正面に立つと、ナイフをそうっと首筋に近づけてくる。悲鳴をあげそうなのをぐっとこらえて、ずっと〝のり君〟への笑顔を崩さなかった。それで男は本当に見えてないと確信したのだろう、ゆっくりとナイフをしまった。

「ええよ、おばあちゃん。手伝うわ」

男が言った。声色がわかることを警戒してか、ぼそぼそした小さな声だった——

そこまで話すと、恐怖がよみがえったのか、おかみさんが涙をぬぐった。

「それは怖かったでしょうね。だけど素晴らしい機転だわ」

ママがなぐさめるように、おかみさんの手を握る。

「ただただ必死でした。でもこんな茶番がいつまで続くかわからんし、ほんまに怖くて。なんとか携帯から一一〇番しようと思ったんやけど、さすがに警戒は解いてへんのか『おばあちゃん、バッグこっちに置いといてあげる』って取られてしもて。固定電話は線が切られてました。逃げようにも、老人の足やからすぐ捕まるやろうし。

生きてる心地がしなかったところに、あなたたちが来ました。助けてもらいたいと思うより先に、目撃者が増えてしまったことに焦りました。何かあったら、男はあなたたちの口封じをするかもしれない。それに、店に入ったら、あなたたちを閉じ込める可能性もある。絶対に店に入れたらあかんと思いました」

「だからあんな態度をとったのね」

おかみさんが頷いた。

「あなたたちを追い返した後は、もう誰も来ないようにシャッターを閉めました。金目のもんを盗ったら満足して出て行くと思ったから、金庫のお金とか宝石の帯留めとか、『のり君にあげるわ』って全部渡したんです。それやのに、いっこうに帰らへんのです。なんでやろ、これ以上どないしたらええんやろ――絶望してたところに、またあなたたちが現れてくれたんです」

「だけどまた追い返そうとしたわね。ご自身も極限状態にあったのに、あたしたちを守ってくれようとしたのね」

「金品を渡しても帰らへんということは、理由はわからないけど男の目的はわたしを殺すことやと思いました。そしたら男は、目撃者であるあなたたちも手にかける。それだけは絶対にさせられへん。だけど……あなたが言ってくれたんです。キャサリン・ストケットの本、買い取ってくれますかって」

おかみさんは、ハンカチで目頭を押さえた。

「お話を遮《さえぎ》ってごめんなさい。どうしてここで本が出てきたのか、わからないんですけど」

おずおずとわたしが口をはさむと、おかみさんが涙にぬれた目で微笑んだ。

「ストケットの代表作はな、『ヘルプ』っていうタイトルやねん」

「あ――」

ヘルプ。ママは「助けさせてくれ」と伝えたのだ。

「骨董屋さんから、おかみさんが世界中から本を集めてて、作家や作品やその背景、セリフに詳しいと聞いていたの。いちかばちか、暗号で会話ができるか賭《か》けてみたのよ」

「素晴らしい機転ですねえ」

同じ言葉で、今度はおかみさんがママを褒めた。

「おかみさんがヘルプを受けると言ってくれたから、助けることは決まった。次にあたしが知りたかったのは、のり君が本当の孫かどうかってこと。だって犯人は店内に潜んでいて、のり君もおかみさんと同じ被害者である可能性もあるから」

「そう。だからデレク・ハートフィールド。ねえ」おかみさんがくすくす笑った。「ママさん、ほんま冴えてはるわ」

「あら、アブドル・アルハズラットだってすごいわ」

　ママもくすくす笑う。

「あのう、ごめんなさい、説明してください」

　わたしは遠慮しながらも手を挙げる。

「デレク・ハートフィールドはアメリカの作家で、一部ではヘミングウェイに並ぶくらい偉大だと評価されている。アブドル・アルハズラットは、八世紀に活躍したアラビアの詩人よ」

「……はあ」

　わたしは首をかしげる。それのなにがヒントなのだろう。

「でもね、どちらの作家も……実在しないのよ」

「——ええ⁉　ど、どういうこと」

「デレク・ハートフィールドは村上春樹《むらかみはるき》の作品に、アブドル・アルハズラットはラブクラフトの作品に出てくる架空の作家なの」

「架空……ああ、そういうこと」

　あの時の会話を思い出す。デレク・ハートフィールドの名前を出した時、ママはさりげなく「お孫さん」と会話で触れた。それに対しておかみさんがアブドル・アルハズラットの名前を出して応《こた》えたことで、孫が嘘の存在であると確認し合ったのだ。

「せやけど、いったいどうしてわたしが大変な目にあってるとわかったんですか？」

　おかみさんと同じくらい、わたしだって不思議だった。

「骨董屋さんから、一ヵ月前に盾が盗まれたと聞いたの」

「盾?」

「商店組合の盾よ。街灯設置の寄付をしたから、完成記念にもらったらしいわね」

「ああ、うちももらいましたねえ。どこへやったかわからへんけど」

「骨董屋のご主人は、設置記念パーティの夜に、路地で男とぶつかってるの。男は難波で強盗殺人をして逃げてる途中だった。ぶつかった拍子《ひょうし》に、盾に男と被害者の血液や皮膚片がついてしまった可能性が高い。だからプレートに書いてあった『道修町』と『佐藤商店』を頼りに、盾を盗みに来たのよ」

「はあ……でも取り戻せたんやったら、もうええんと違いますのん。なんで関係のないうちにまで来たんやろ」

「昨日、テレビ放映があったわね。それでこちらの佐藤商会と、佐藤商店がW佐藤として紹介された。男はたまたま番組を観ていたのか、またはこの地域が特集されると知って気になって観たのか——いずれにしても、男は番組でW佐藤を見た。そして気づいたの。道修町に、もう一つ、非常に似た店名の店があると。しかも、そちらも同じ盾を授与されていたと」

「ああ……男は、ぶつかったのが『商店』やったか『商会』やったか、不安になったんやね」

「その通りよ。だから昨日の今日で慌ててやって来た。番組の情報で、今日が定休日だとわかっていたから、ちょうどよかった。すでに強盗殺人を犯している男にとって、ピッキングして侵入するなんてお手のものだったでしょうね」

「だから金品を差し出しても帰らへんかったんやね。でも……それやったらなんでわたしに盾がどこか聞かへんかってんやろ」

「聞いたら、おかみさんにそれが重要なのだと気づかれてしまうもの。万が一ハプニングが起こって逃げなくてはならなくなった時、あとでおかみさんから警察に『盾を探していた』と話されては困る。だから絶対に、内密に見つけたかったんでしょう」

「なるほど。そういうことやったんやねぇ……」

はあっとおかみさんが息を吐《は》いた。しゃんと伸びていた背筋が、すうっと丸くなる。やっと緊張がとけたのだろう。

パトカーのサイレンが近づき、店の前で停車した。それが聞こえたのか、男は身じろぎすると、ゆっくりと目を開ける。お目ざめのようだ。ママは畳の上に転がっている男を上から覗き込む。

「どうだった？　あたしのパンチ。三角絞めにスラミング……もっと技をお見せできなくて残念だわ」

「くっそ、このオカマがぁ……」

さっきまでのウィスパーボイスと打って変わったドスのきいた低い声で、男は吐き捨てた。

「あーら」

ママはキスするくらい男に顔を近づけると、飛び切り妖艶な微笑を浮かべた。

「あたしはね、男と女のいいとこどりなのよ」

ママの活躍によって、一ヵ月前の事件だけでなく、ここ半年ほどに起こった二件の強盗殺人事件も解決するかもしれないと、駆けつけた警察官がほくほく顔で話してくれた。やっぱりママは「すごいお人」なのだ。

ホテルに帰る前に道修町から徒歩十分のところにある井原西鶴文學《いはらさいかくぶんがく》碑へ行き、さらに中之《なかの》島《しま》の水上瀧太郎《みなかみたきたろう》文学碑と三好達治《みよしたつじ》文学碑を回った。夕食は中之島公園内にある大阪市中央公会堂で食べなくちゃいけない、とママは熱っぽくまくしたてた。

「ここで夏目漱石が講演したの。それに、横溝正史《よこみぞせいし》の『蝶々《ちょうちょう》殺人事件』の舞台なのよ！」

重要文化財でもあるらしく、重厚で流麗な外観だ。内側もノスタルジーあふれる昭和モダンさで、ママに説得されなくても、ここで食事してみたかった。地下のレストランでさんざん飲んで食べた後、ママはホテルまで歩いて帰ると言い張った。

「文学の街、大阪をもっと歩きたいの」

「さすがに無理でしょ。寒いし、ホテルまでどれだけ時間がかかるかわからないじゃない」

そう言うと、ママがタブレットで地図を見せてくれた。驚いたことに、中之島から曽根崎までは徒歩で二十分ほどらしい。酔い覚ましがてら、気持ちよく歩いてホテルに戻った。

「あー寒かった！」

暖かい部屋に転がり込むと、ママが「お風呂であったまりましょ。あたし準備するから」と言ってくれた。

へとへとに疲れていたので、その申し出に甘えることにした。バスルームへ向かうママに「ありがとう」と声をかけながらコートを脱ぎ、スニーカーから足を解放し、ソファに倒れこむ。

　今日もいろいろなことがあった。ママのお陰で、たくさんの場所を回れて情報収集ができた。だけどカズトにつながる手掛かりは得られなかった。佐藤商会のおかみさんも、佐藤和人という名前の家族や親戚《しんせき》、知人はいないという。

「どこにいるのよ、カズト」

　ひとりごち、ペットボトルのお茶を飲み干したところに、ママが「お風呂入れてきたわよ」と戻ってきた。

「ママ、先にどうぞ」

「いいわよ。文学スポットをたくさん回ってくれたし、体冷えてるでしょう？」

「でもママのお陰で、気持ちよく情報を教えてもらえたんだもん」

「あらそう？　じゃあ一緒に入りましょ」

「え」

「いいじゃない。女同士だし、せっかく広いお風呂なんだから」

　ママはさっさとセーターを脱ぎ、ブラジャーをはぎ取りながら、脱衣スペースへ入った。といっても、ガラス張りだから丸見えなのだが。

　わたしも服を脱いで、バスルームへ入る。ママはすでにチェアに腰掛け、体を洗い始めていた。わたしもその隣に座り、髪を洗う。

女同士でも一緒に風呂に入るのを恥ずかしがる人はいるが、わたしは慣れている。バレーボールの合宿ではイモ洗いのように、ごった返す風呂に入ってきた。そもそも入浴には厳しい時間制限があり、恥じらう余裕もなかった。

髪と体を洗い終わると、わたしたちは向かい合ってバスタブに浸《つ》かった。ピンク色の薄暗い照明の下で、湯の中の裸がゆらめいている。ママのふくよかな乳房は、とても自然だった。そして両足の間はなめらかで、とても男性器があったように見えない。

「ママの体って……本物？」

「何よ突然」

「だってすごく自然できれいだから。男性だったなんて信じられないくらい」

「あら、そんな風に見えたなら嬉しいわ。でもね、これは大枚をはたいて、死ぬほど痛い思いをして手に入れた、作りものの肉体よ」

とてもそんな苦痛を強《し》いられた体には思えない。柔らかなマシュマロのような乳房を、じっと見つめた。

「触ってみる？」

「いいの？」

ママはわたしの片手を取ると、自分の乳房に導いた。なめらかな肌の下に、ほどよい弾力がある。

「豊胸手術の後は、痛みと高熱でのたうち回ったわ。あたし大人になって座薬使うなんて思ってもみなかった。だけど下半身の手術の痛みは、その比ではなかったわね。ペニスと陰嚢《いんのう》を切って皮膚を裏返してね、おなかの中に埋め込んで膣《ちつ》を作るのよ」

「想像しただけで痛いわ」

「手術自体はすぐ終わるけど、そのあとが大変。腫《は》れて痛くて座れない、薬漬けで吐きまくる、膣から腸が落っこちそうになる。膣が閉じてしまわないように、一日何度も風船をいれて膨らますの。それが辛かったわね。誰にも見せられない、情けない姿だったわよ」

言葉を失っていると、ママが濡れた手でわたしの頰を触った。

「ごめんね、変な話して。まだ酔ってるのかしら。涼子だって、すごくいい体してるわよ。やっぱりアスリートは違うわね」

「まさか。たるみまくりだよ」

「一度スポーツで作り上げてからたるむのと、ずっとたるみっぱなしの体は、全然違うわ。肩とか腕とか、すごくカッコいい。自信をもつべきよ。またバレーやればいいのに」

「いやいや、もういいわよ。実業団に戻れるわけじゃないし」

「地域のバレー団とかないの？」

「あるかもしれないけど、むなしいからいい。わたしのバレー人生は終わったの。オリンピックに行きたかった。ずっと選手でいたかった。バレーボールで食べていきたかった。だけどこれが現実。今は何の取り柄もない専業主婦のおばさん」

「どうして専業主婦でいることに胸を張らないの？　専業主婦が、どうして取り柄がないってことになるのよ。大役をこなしてるのに」

「ああ、家事労働は給料に換算すると月に二十六万ほどの価値があるってやつ？　そんなこといくら言ってもらったって誰に払ってもらえるわけじゃないし、意味のない数字よ」

「数字じゃないわ。むしろ数字に換算するのもおかしなことだと思う。お金にならないと価値がないって言ってるようなものじゃない。あたし前から気になってたんだけど、出産、育児後も女性が復帰して輝ける社会ってよく聞くけど、仕事をしていないと輝いてないの？専業主婦だって輝いてるわよ」

「そう言ってくれて嬉しいけど、やっぱり価値はお金に換えられてこそだって。だからメジャーリーガーは夢のある職業になるわけでしょ。年俸何百億とか」

「もちろんお金は大事よ。身に染《し》みてわかってる。だけどそれだけじゃないことも確か」

「まあいいよ別に。お金を稼ごうがどうしようが、どのみち夢なんて叶わないものなんだから」

「涼子……」

「あのね、娘と息子が、最近よく言うの。ミュージシャンになりたいとか、漫画家になりたいとかさ。夢を持ってるのよ。だけどそれを聞くたびに、わたしは苦しくなる。だって夢なんて叶わないことを知ってるから。人生はうまくいかないことだらけ。努力したって報《むく》われるとは限らない。というより報われないことばっかりだもん。

うちの子が、ミュージシャンとか漫画家になれるはずないじゃない。あと数年したら、本人もそれに気がつくの。そして就職活動に苦労して、疲弊して、自信喪失して、五十社目くらいに内定くれた会社にやっと滑り込んで、こんなはずじゃなかったって、毎日ため息ついて暮らしていくのよ——今のわたしみたいに」

わたしもまだ酔いが残っているのか、いつもは言わないようなことを吐き出してしまう。ずっと、話せる相手もいなかった。

「ママはどうなの？　小説家になれるって本気で信じてる？　夫がいつも言ってるの。作家になることはものすごく大変だって。毎年、文学賞に何千人と応募してくるって。背水の陣で仕事を辞めて、何十年も投稿生活を続けて、それでも芽が出なくてずっとバイト生活の人も大勢いるって。だから夢は、夢に過ぎないんだよ」

ママは寂しそうな微笑を口元に浮かべ、労わるようにわたしの肩を撫《な》でた。温かかった。いつの間にか、わたしの肩は冷え切っていた。

「あたしはね、全員が、誰かの夢だと思ってる」

「――え？」

「例えばミュージシャンの人は、芳香ちゃんにとっての夢なんだよね？　漫画家の人は、篤史君の夢」

「……そうだけど？」

「でも同じように、誰かが芳香ちゃんみたいになりたいと思ってるかもしれない。篤史君のことも」

「どういう意味？」

「ミュージシャンや漫画家でいる人たちは、いわゆる平凡なお母さんになることが夢かもしれない。だからまわりまわって、全員が、誰かの夢を叶えた存在なんじゃないかって思うの」

「なに言ってんのよ、ママ。そんなの屁理屈《へりくつ》よ」

「そうかしら」

「そうよ。ビックリを通り越して呆れちゃった」

「だけど少なくとも……涼子はあたしの夢だわ」

真顔で言うので、思わず吹き出してしまう。

「あたしがママの夢って！　笑っちゃう。慰めるのに必死だね」

「あら本当よ」

「バレーの選手活動も中途半端《ちゅうとはんぱ》、自立もしてない、誇れる仕事もない、収入もないわたしのどこが？」

「そうね、例えば……生まれた時からずっと持ってる、女性の体」

まっすぐな言葉に、わたしは息をのんだ。

「手術もお金も毎日のホルモン注射も必要ない体。排卵があって子宮があって子供を産むことができる体」

「ママ……」

「生まれた時から持っている女性の戸籍。体の性と心の性が一致していること。なんの障壁もなく男性と結婚できる状況。スカートを堂々とはけて、お化粧をしても笑われたり、気持ち悪いって吐き捨てられないこと」

ママはそこで言葉を切り、一瞬目を伏せ、それからまたわたしを見つめた。

「あなたは素敵な男性と結婚して、子供を二人も産んで、一緒に暮らしている。涼子は、あたしが焦《こ》がれて焦がれて、どれだけあがいても努力しても、決して手に入れられないものを、当たり前のように持っている。あなたは、あたしが夢みる理想の人生を送っているのよ」

ママがいつになく真剣な表情で言い切った。どう答えればいいかわからず戸惑っていると、ママがふっと表情を緩《ゆる》めた。

「やあね。困らせようと思って言ったわけじゃないわ」

「なんだか……ごめんなさい。子供っぽく愚痴っちゃって」

「ううん、いいの。あたしだって、こんな悟ったみたいなこと言ってるけど、自信を無くして、悲しくなって、やけになっちゃう時もあるから」

ママが両手で湯をすくって、わたしの肩にかけてくれる。子供の頃、母にそうしてもらったのを思い出す。

「でもね、あたしも誰かの夢なのかもしれない。女性として生きたくても許されない人や、銀座でバーを開きたい人から見たら、こんなあたしだって夢を実現しているのかもしれない。そう思うとね、ちょっぴり生きる勇気が出るのよ」

「そっか……」

わたしが、ママの夢。

女性でいること、女性の体を持っていること、心の性と一致していること、夫と結婚したこと、子供を産んだこと――どれも当たり前だと思っていた。

「ママ」

わたしは膝をついてママに近づき、首に両腕を回して、ぎゅうっと抱きしめた。

「ママ、大好き」

「あら」うふふ、とママが笑った。「偶然ね、あたしもよ」

「あのね、こんなこと、なんの慰めにもならないかもしれないけど……うちの夫、全然イケメンじゃないから」

ママがわたしの腕の中で吹き出した。笑い声が、タイル張りの天井に高らかに響く。だけどそれは広い空間のせいかもの哀しげなビブラートを帯び、なんだか泣いているようにも聞こえた。

第三話

「黒蜥蜴《くろとかげ》」

大阪に来てから三日目の朝。

地下鉄御堂筋線で、梅田から心斎橋《しんさいばし》へやってきた。地上へ上がると、ルイ・ヴィトンやシャネルなどハイブランドのきらびやかな路面店が目に入る。その一方で立ち食いのラーメン屋やたこ焼き屋など、庶民的な店も並んでいた。ずいぶん両極端な街だ。だけどそれが自由で楽しい。

今日のリストは中規模のＩＴ企業からのスタートだった。さすがに飛び込みで買える物はないのでカズトのことを聞き出すのは絶望的だと思っていたが、ママはバーの予約アプリの開発を依頼することで、うまく情報を聞き出してくれた。その後は雑貨屋、カーテン屋を回ったが、どこも空振りだった。

「わたしのせいで、ママに大金を使わせてるよね」

それなのに成果がないのが申し訳ない。

「あたしもお買い物楽しんでるんだってば。気にしない気にしない」

ママは鼻歌を歌いながら歩いていたが、急に立ち止まった。

「あ！」

ふたりで同時に叫ぶ。わたしたちの目の前には、ランニングシャツに短パン姿で両手を大きく広げた、かの有名なランナーがそびえたっていた。

「グリコ‼」

文学スポットと同じくらいの大興奮状態で、ママがカメラのシャッターを押す。わたしもこれは外せないと、自撮りを含めて何枚も撮った。

「あっちはかに道楽‼」

「見て！　ドンキの上に観覧車がある！　しかも縦に長いんだけど！」

「もしかしてこの川が道頓堀《どうとんぼり》じゃない？　阪神《はんしん》タイガースが勝ったら大変なことになるところ」

わたしたちははしゃぎながら、たくさんの外国人観光客に交じって写真を撮っていく。同じ大阪でも、昨日まで回っていたエリアとは雰囲気が違う。ここはいわゆる、日本全国、いや、世界中の人が思い描く「大阪」のイメージそのものだ。

喉《のど》が嗄《か》れるほど大騒ぎした後、やっと再び歩き始めた。

「あー、なんかめっちゃ大阪に来たって感じがするわぁ」

ママが、なかなか本格的な関西弁で言う。

「せっかくやから、この辺でなにか食べていかへん？」

わたしも頑張ってみる。が、ママに「全然あかんわぁ」とダメだしされた。

「どうしてそんなに上手なの？」

「谷崎文学をなんべんも音読して関西弁を練習したうちの実力、なめたらあかんで」

「あー、なるほど。とりあえずお腹すいた。どっか入ろう」

「今日は、食べるお店、決めてるねん」

「そうなの？　いつの間に」

「こっちゃ。ついといで」

こころなしかはんなりした足取りで、ママは先を歩き始めた。

居酒屋やパチンコ屋、大型家電量販店が並ぶエリアは人が多く、見失いそうになったとき、やっとママが立ち止まった。のれんには大きく「大衆食堂　自由軒《じゆうけん》」の文字。ママが感慨深げに見上げているのにつられて上を見ると、こう書かれてあった。

名物　カレー　自由軒
「ついに来たわ……」

嚙《か》みしめるような呟きは、すっかり標準語に戻っている。

「もしかして……文学スポットなの？」

「そうなの！　大阪を代表する作家、織田作之助《おださくのすけ》が通った店なのよ。残念ながら第二次世界大戦で当時の店舗は焼失してしまったけれど、彼の愛した味はずっと変わっていないの」

中に入ると、昭和の香り漂う昔懐《なつ》かしい雰囲気だった。レンガ造りの壁には白黒の織田作之助の写真が飾ってある。ママはそれがよく見える席についた。

「トラは死んで皮をのこす　織田作死んでカレーライスをのこす」

額にはそんな文字がある。

「ユーモアのある人だったんだね」思わずくすっと笑う。「つまり、わたしたちがこれからいただくのは、織田作之助がのこしたカレーライスってことだ」

「そういうこと」

カレーというので、てっきり白いご飯とルーを想像していたが、出てきたのはなんと、カレーで炒《いた》めたごはんの中央に、生玉子をのせたものだった。

「おいしい！」

「そりゃあオダサクも通うわけだよ」

「自由軒《ここ》のラ、ラ、ライスカレーは御飯にあいいいい、あんじょうま、ま、ま、まむしてあるよって、うまい」

「え？」

「オダサクの小説『夫婦善哉《めおとぜんざい》』からの一節」

「確かに、ご飯にあんじょうまむしてある！　うまい！」

「ああ、これがオダサクの味わったカレーなのねえ。この店に通いながら、『夫婦善哉』の構想を練っていたんだって。ここ自由軒で無頼派《ぶらいは》、織田作之助の代表作は生まれたのよ」

「無頼派って？」

「敗戦後の混乱の中で、言葉でもって時代に反逆しようとした作家たちのこと。オダサク以外なら、坂口安吾《さかぐちあんご》とか、太宰治もそうね」

「カズトの好きだった太宰治ね。そういえばママは太宰治の話は全然しないね。ママのことだから、たくさん読んでるんでしょ？」

「実は、太宰治は通ってないのよね」

ママは咀嚼《そしゃく》して水を飲むと、ごちそうさまと両手を合わせた。

「そうなんだ、意外。ありとあらゆる作品を読んでるのかと思ってた」

「そんなことないわよ。さて、美味《おい》しいライスカレーとオダサクは堪能できたし、次の場所に移動しましょうか」

わたしはリストを指でなぞりながら確認する。「次は天王寺《てんのうじ》だって」

「天王寺に移動する前に、行かないといけないところがあるの」

「まさか、まだこの辺に文学スポットがあるの？」

「そのまさかなのよ」

自由軒での会計を済ませ、そこから徒歩十分以内のところに、谷崎潤一郎、そして近松門左衛門の石碑があった。それぞれの場所で写真を撮ってあげながら、つくづく「大阪を歩けば文学に当たるのね」と言うと、ママは「確かに」と吹き出した。

「さすがに今日はこれでスポット巡りは終わりでしょう？」

ママは黙っている。

「やだ、もしかしてまだあるの？」

「んー、ないこともない……かな」

思わず何度も瞬きしてしまうわたしに、ママはしおらしく続ける。

「これでも我慢してるの。本当はもっともっと回りたいのよ。オダサクの『夫婦善哉』ゆかりの法善寺横丁《ほうぜんじよこちょう》にだって行きたいし、夕陽丘《ゆうひがおか》には石碑もある。大国主神社《おおくにぬし》には折口信夫《おりくちしのぶ》の歌碑があるし、住吉大社《すみよしたいしゃ》の川端康成文学碑にも行きたい。泉鏡花《いずみきょうか》の『南地心中《なんちしんじゅう》』に出てくる天満宮も。あとは——」

「わ、わかったわかった。じゃあ今日も寄れるところは回っていいから。それにしても、もうかなり数をこなしたと思ってたんだけど、あとどれだけあるの」

ちらっとママの手元を覗き込む。ニットの編目のような地図に、あちこちに赤で×印がつけてあった。

「まだそんなにあるの⁉ 信じられない。大阪の街って、文学で編まれてるんじゃないの」

「それ素敵な表現ね。気に入ったわ。さ、では天王寺方面に出発しましょ」

ママは嬉しそうに歩き出した。

近松門左衛門の石碑から天王寺方面は、ただまっすぐ大きな通りを南下すればよかった。道沿いにはいろいろな商店が並び、活気がある。ほぼ平らな道で歩きやすく、風は冷たかったが気持ちが良かった。

遠くに見えていた塔のようなものが近づいてくる。

「もしかしてあれが大阪のシンボル……」

「そう。通天閣《つうてんかく》」

「今日はＴＨＥ・大阪って感じのところばかりで、テンションあがるね」

だんだん人が増えてきて、やがて色々な言語が飛《と》び交《か》い出す。日本人も多いが、海外からの観光客も同じくらいの数だけいるようだった。串《くし》カツ、海鮮居酒屋、ふぐ料理など、派手な看板がひしめく。

「このあたりを新世界っていうの」

新世界。なんてぴったりなネーミングだろう。ここは大阪でも、日本でもない。ここだけに存在する〝新しい世界〟なのだ。

テレビで何度か見たことのある、座った状態の金色のビリケン人形もあった。足の裏を撫でると幸せになれるそうなので、カズトに会えますように、と念じながら撫でておく。みんなが撫でるからか、足の裏だけ金色の塗料がはげていた。

「もしかしてこの辺りが文学スポット？」

「実はそうなの」

「どんな作品？」

「林芙美子《はやしふみこ》の『めし』っていう小説よ。戦後でまだごちゃごちゃしていて、だけど活気のある当時の大阪が目に浮かぶようで、何回も読んだな。倦怠期《けんたいき》夫婦の話なんだけど、リアルで面白いのよ」

「倦怠期夫婦？　やだ、わたしと夫みたいじゃない」

「読んでみたら？　参考になるかもよ」

「勇気がいる。身につまされそう。あとは？」

「江戸川乱歩《えどがわらんぽ》もこの辺りを舞台にして書いてるわね」

「江戸川乱歩ならさすがにわたしも知ってるよ。ミステリーでしょ？」

「ええ」

「このエリアって『めし』みたいな作品の雰囲気にはぴったりの、大阪らしい賑《にぎ》やかなところだけど、なんとなく乱歩って感じはしないね」

「実はあたしもちょっと不思議に思ってたの。乱歩の作品に漂う色気とは違うかしらって」

「なんていう作品？　わたしでも知ってるかな」

「『黒蜥蜴』」

「ごめん、やっぱり知らない」

「明智小五郎《あけちこごろう》シリーズのひとつよ」

「どんなお話？」

「主人公は、トカゲの入れ墨を入れた女盗賊、黒蜥蜴。エジプトの星という宝石を狙って、宝石商の娘を誘拐するの。それを明智小五郎が追うんだけど、互いに出し抜いたり出し抜かれたりしているうちに、惹かれ合っていくのよ。最後は、黒蜥蜴は明智の腕に抱かれて、額にキスをされて死んでいくの」

「ドラマティックね」

「『黒蜥蜴』も、あたしを救ってくれた作品のひとつだわ。黒蜥蜴は女性だけど、僕という一人称を使い、時折男言葉を話す。中性的で、抗《あらが》いがたい魅力を作り出しているの。三島由紀夫の戯曲化では、黒蜥蜴を美輪明宏《みわあきひろ》も演じてる。男であるあたしが女性言葉を使っても、ドレスを着て宝石で着飾ってもいいんだって勇気づけてくれた」

「ジェンダーフリーな主人公か。江戸川乱歩って、進んでたのね」

「そうね。黒蜥蜴というキャラクターは、あたしにとって刺激的だったわ。妖しくて美しくて、残酷。ありとあらゆる美しいものが好きで、人間を剝製《はくせい》にしちゃうくらいだもの」

「そういえば小学生の時、すごく似たお話を読んだなあ。タイトルは『黒い魔女』っていうの。当時、可愛い魔女のアニメが流行ってて、そういうのを期待して学校の図書室で借りたら違っててショックだった」

「似たお話？」

「うん。トカゲの入れ墨じゃなくて、トカゲのブローチをした女盗賊の話。細かいところは覚えてないけど、大まかなストーリーはそっくり」

ママは笑いだす。

「それ『黒蜥蜴』よ」

「違うよ、『黒い魔女』。タイトルに裏切られたショックで、確実に覚えてる。人間の剝製なんてなかったし、探偵と盗賊は最後にキスなんてしてない。もしそうだったら忘れないよ」

「だからそれは、氷川瓏《ひかわろう》バージョンなのよ」

「ひかわろう？　やっぱり江戸川乱歩じゃないじゃん」

「小学校の図書室に置いてあったんでしょ？　江戸川乱歩の作品は子供が読むには刺激が強すぎるから、子供向けにリライトされているの。それを手掛けたのが氷川氏というわけ」

「じゃあわたしの読んだ『黒い魔女』と『黒蜥蜴』は同じ作品ってこと？」

「そう。入れ墨と最後のキス以外でも、ヌードが出てこなかったり、ソフトにしてあるのよ」

「ああ、そういうこと。じゃあ氷川瓏さんはリライトを専門とする作家さんだったの？」

「違うわ。オリジナル作品もたくさん執筆していて、独特の幻想的なテイストがあって、あたしは大好き。直木賞候補にもなってるのよ」

「すごい人なんだ！」

「涼子はひかわ玲子《れいこ》とか読んでないかな。クラスで流行らなかった？」

「苗字《みょうじ》の『ひかわ』ってひらがなじゃない？　クラスで読んでる女子がたくさんいた。それこそ学校の図書室に、人気図書として紹介されてたし」

「彼女は氷川瓏氏の姪にあたるのよ。弟さんも渡辺剣次《わたなべけんじ》さんという推理作家でね、やっぱり味のある作品を書く方だったわ。剣次さんは横溝正史のお嬢さんとご結婚されていたこともあるのよ」

「文学一族じゃない」

「羨ましすぎる環境よ。文壇のロイヤルファミリーね。さて、と」

ママは手に持っていた地図とリストを開いた。

「そろそろ次を回らないとね。この近くのはずなんだけど……あらまあ、宝石商じゃないの」

「そんなのリストにあったっけ？」

首をかしげながらリストを覗き込むと、「ジュエリー・サトウ」とある。

「宝石商じゃなくて普通のジュエリーショップじゃないの？」

「んもう、いいじゃないの。ちょっと乱歩の世界観に浸りたかっただけ。さ、行きましょ。エジプトの星みたいな宝石があるかもね」

人でごった返し、居酒屋やレストラン、雑貨屋のひしめく一帯を抜け、ひっそりした路地にその店はあった。「ジュエリー」から連想されるイメージとはかけ離れて地味で、かつて純白であったと思われる外壁も黒ずみ、高級感を醸《かも》していたであろう重厚なマホガニー材の扉は塗装がはげかけ、はめ込まれているガラスの小窓には傷がついている。

マホガニーの扉は重い上に建てつけも悪く、体で押してやっと開いた。中はショーケースが三つあるだけで、こぢんまりしていた。天井から吊り下げられた小ぶりなシャンデリアと揃いの壁付シャンデリア、そして深みのある赤い絨毯《じゅうたん》は、おそらくかなり高級で上質なものだろう。けれどもかつて栄華を誇った高級ホテルが不況や時代の流れに抗えず、人に忘れられてゆっくり朽ちていくような、そんなうら寂《さび》しい雰囲気があった。

ママとわたしが入店したことに気がつくと、ショーケースの奥で、馬のブロンズ像を磨いていた初老の男性が、手を止め、丁寧にお辞儀をした。

「いらっしゃいませ。ようこそ、当店へ」

グレイヘアを上品にうしろに撫でつけ、シックなスーツに蝶ネクタイをした、イギリス紳士然とした雰囲気だ。

店内もよく見れば、古びてはいるが、ガラスのショーケースには曇りひとつなく、ぴかぴかに磨かれている。赤い絨毯も、ところどころ色褪《いろあ》せはあるものの、毛足にはふんわりと艶《つや》がある。絨毯をこのような状態に保つには、こまめにブラッシングをし、ていねいにドライヤーかスチームを当てなければならないはずだ。

「何かお探しですか？」

「ジュエリーをオーダーしたいのだけど」

「それはありがとうございます！　ではどうぞこちらへ」

男性は目を輝かせ、ショーケース脇にある猫脚の丸テーブルにわたしたちを案内し、名刺を渡した。

『ジュエリーデザイナー&彫金師　辰雄《たつお》　ＴＡＴＳＵＯ』

ママも名刺を出す。

「ほう、銀座でバーを。ルナさん、とおっしゃるんですね」

「ええ。そしてこちらは、大切な旅友」

「涼子です」

「ルナさんに涼子さん。大阪へようこそ」

辰雄はうやうやしく礼をすると、わたしたちの向かいに座り、スケッチブックと色鉛筆のケースを出してきた。

「早速ですが、デザインのご希望はございますか？　イメージしていらっしゃるものとか」

「黒い蜥蜴のブローチなんておしゃれかなあって考えてるの」

「それは素敵ですね。ちょっと失礼」

辰雄は立ち上がると背後のキャビネットを開ける。そこにはずらりと書籍が並べられていた。背表紙から、イラスト集、写真集、百科事典などさまざまな種類があることがわかる。

辰雄はその中から分厚い図鑑を何冊か取り出し、テーブルに置いた。

「蜥蜴にもいろいろございます。なんと四千五百以上もの種があるといわれてるんですよ」

「あら、そんなに？」

蜥蜴が載っているページを、何冊も広げて見せてくれた。紙が変色している。どれも年季の入った本だ。裏表紙にシールか何かをはがしたようなあとがある。古書で揃えたのかもしれない。

「うーん、そうねえ。イメージとしてはこれかしら」

いくつかの図鑑をぱらぱらと眺めたのち、ママは写真のひとつを指さした。辰雄がパッと顔を輝かせ、「ニホントカゲですね」と言いながら、スケッチブックに手早く描いていく。

「こんな感じでどうでしょうか。艶《なま》めかしく体をくねらせ、手足はワイルドに。長いしっぽはダイナミックに反《そ》らせます。黒い色は全体にブラックダイヤモンドを贅沢《ぜいたく》にちりばめつつ、ところどころグレイやパープルの石を交ぜて立体感を表現しようと思います。両目は……ピジョンブラッドという、鳩《はと》の血のように赤いルビーをはめこむと全体が引き締まるかと」

「素敵ね」

紙の上に息づいていく黒い蜥蜴に、ママはため息をつく。

「差し出がましいですが……背景に月を合わせてはどうでしょう？　ルナさんのお名前にちなんで」

「良いアイデアだわ」

辰雄は黒く塗りつぶされた蜥蜴の背景に、丸い月を描く。

「わあママ、すごくカッコいいよ」

「やっぱりプロの方はすごいわね。黒蜥蜴という言葉ひとつから、こんなに美しいデザインを起こせるんだもの」

「いえいえ、ユニークな題材なのでインスピレーションが湧《わ》きました。なぜ黒蜥蜴というモチーフを選ばれたのか、興味があります」

「辰雄さんはご存じかしら。このエリア、江戸川乱歩の『黒蜥蜴』の舞台なのよ」

「いえ」と辰雄は首を横に振る。「初めて聞きました。小説に詳しくないわたしが言うのもなんですが、江戸川乱歩に関西のイメージがないですねえ。なんとなく都会的なイメージを勝手に持っていました。東京で生まれ育ったような」

「確かにスタイリッシュで華やかで、都会的なイメージがあるわね。だけどもともと三重県出身なのよ」

「近畿《きんき》の人だったんですか」

「転々として名古屋《なごや》や東京に住んでいたこともあるけど、大阪では毎日新聞社で働いていたり、縁が深いの。それにデビュー作『二銭銅貨《にせんどうか》』は大阪で執筆されたのよ」

「ということは江戸川乱歩という作家は大阪で生まれたって言えるんじゃないですか?」

「まさにその通りよ」

「大阪の人間にしたら、嬉しくなりますね。このエリアだと、どの辺が『黒蜥蜴』の舞台なんでしょう」

「メインは通天閣ね。展望台で人質と宝石の交換が行われるのよ」

「ルナさんは、とても文学にお詳しいんですね」

「ママはたくさん本を読んでて、自分でも小説を書くんですよ」

わたしは誇らしげに会話に入る。

「だからいろんなことに詳しいし、細かい事柄《ことがら》にも常に注意を払って、普通の人が気づかないことにも気づくの。文学で培った知識や感性で、謎を解いたり問題を解決したりするんだから」

「それはそれは」

辰雄は感心したように何度も頷く。さすが客商売だけあって、そつのない対応だ。

「興味深いお話を聞かせていただきました。わたしも頑張って、着ける度に大阪を思い出してもらえるような、最高のブローチを作らなあきませんね」

「完成が楽しみだわ、いつ頃できるのかしら」

「そうですねえ、材料を集めるのにもお時間をいただきますので、最低でも二ヵ月ほどは」

「二月下旬ね。わかったわ」

「その頃にはさすがに銀座にお戻りですかね。大阪にはいつまで？」

「まだ決めていないの。実は人を探していて。サトウカズトさんというのだけど、ご存じないかしら。こちらのお店、ジュエリー・サトウでしょ？　もしかしたらご家族かご親戚じゃないかと期待してた部分もあるの」

「カズトさん、ですか……どんな漢字でしょうか？」

スケッチブックの新しいページを出して、そこに書いていく。

「平和の和に、人、で和人。四十代半ばで身長は百八十五センチ。かつて野球でプロを目指していて、東京のW大学出身。二十二年前に大阪に戻って、ご実家のご商売を継いでいるはずなの」

辰雄が頷きながらメモを取っていく。

「なんのご商売ですか？」

「それがわかればもっと探しやすかったんだけど」

「なるほど。社長に心当たりがないか、聞いてみますね」

「あら、てっきり辰雄さんがオーナーで社長なのかと思っていたわ。佐藤辰雄さんとおっしゃるのかと」

「いやいや、違いますよ。名前だけの方がデザイナーっぽいかなと思って苗字を載せてませんが、佐藤ではないです」

彼は照れくさそうに笑いながら、片手を振る。

「わたしは、ただの雇われです。先代がこの店を立ち上げる時に、誘ってもらいました。かれこれ十八年になりますかね。わたしはそれまでビルハウスクリーニングやら自動車整備士やら、ああ、理容師とかもね、とにかくいろいろやってたんです。だけど先代と出会った時に、ちゃんと腰据えて働けって叱られて。当時もう四十を過ぎてたんですが、修業のためにパリに半年も留学させてくれて、買い付けのお供にしょっちゅう海外にも連れて行ってくれてね。ここまでこれたのは、ほんまに先代のおかげなんです」

「そうだったの。先代、ということは、今は……」

「九年前に亡くなりましてね」辰雄は遠い目をした。「夫婦で出かけた時に、交通事故に巻き込まれました。軌道に乗っていたこの店と、当時まだ小学生だった息子さんを遺《のこ》して、さぞかし心残りだったと思います」

「そんなことが……お気の毒ね」

「今のオーナーは、先代の弟なんです。ちょっと今、仕事で外出してまして。お急ぎでしょうからサトウカズトさんのこと、電話で聞いてみま──」

辰雄が固定電話の受話器を取ったのと同時に、扉が開いて夫婦らしき男女が寄り添って入って来た。

「ちょうどよかった。社長、眞規子《まきこ》さん、おかえりなさい」

男性は光沢のある生地《きじ》で作られた三《み》つ揃《ぞろ》えのスーツ、女性は真っ赤なコートを羽織って黒いオーガンジーのしゃれたワンピースを着ていた。やはり職業柄か、ふたりともハイセンスである。

「いらっしゃいませ。社長の佐藤です」

男性が、にこやかに愛想《あいそう》を振りまく。顔にも耳にも赤みが差し、ふわりとワインの香りがした。外で飲んでいたのだろう。

「社長、こちらのお客様方が、人を探しておられて──」

辰雄がオーナーに話しかけている脇で、女性が「妻で副社長の眞規子です」とにこやかにわたしたちの方へやってくる。

「まあ、蜥蜴ですか。素敵だわ」

女性がスケッチに気づき、目を輝かせる。

「あたしの拙《つたな》いアイデアを元に、辰雄さんがデザインを起こしてくださったの。オーダージュエリーなんて初めてだけど、このお店にお願いして正解だったと喜んでいるところよ」

「辰雄の腕なら確かです。いいものができますよ」

「涼子さん、ルナさん」辰雄が近づいてきた。「残念ながら、社長にも心当たりはないそうです」

「そうですか……」

「やっぱりなかなか見つからないわね」

「あら、何かあったの？」

眞規子が首を傾げたので、辰雄が手短に説明する。

「まあ、そうでしたか。会えるといいですね」

「でも二十二年やからねえ、ご商売を畳まれてはるんとちがう？」

社長が言った。

そうだ。二十二年という長い歳月のなかでは、ビジネスを終えている可能性もある。わたしの失望が顔に出てしまっていたのだろう、眞規子が慌てたように、

「もう、あなたったら。無神経なこと言ってすみません。うち、来年の春で廃業するんです。だからつい」

と取り繕った。

「あら、そうだったの？」

ママが辰雄を見ると、「ええ」と申し訳なさそうに肩をすくめた。

「辰雄も普通なら定年の年ですしね。わたしも夫も、もともと宝石には明るくないし……あ、この店は九年前に、夫が実兄から継いだものなんです」

「ええ、先ほどうかがいました」

「兄貴といってもひと回りも上で、親代わりでしたね」

社長が固めた髪を撫でる。

「生きてたら六十二歳。辰雄が六十歳ですから、ちょっと上ですね。兄貴はほんまに優秀やったけど、ご覧の通り、僕は商売はからきしダメでねえ。会社員を辞めたかったから渡りに船と思って継いだけど、あきませんでしたわ」

店内をぐるりと見回し、あっけらかんと笑う。

「このご時世、なかなかジュエリーショップっていうのは難しいんですわ。うちは子供もないし、この機会に廃業して、この土地建物を売って、あとはのんびり暮らそうと思ってるんです」

「なんだか残念ね。ではこのブローチが、辰雄さんの最後のお仕事になるのかしら」

「おそらくは。精一杯、最高のものを作らせていただきます」

「だけど閉店までに間に合うんですか？　ブローチのデザイン、凝《こ》ってるから時間かかりそうだし」

気になったので、わたしが聞いてみる。

「ご心配なく。心強い助っ人《すけと》がいますので」

「助っ人……？」

「はい。先代のご子息、信一《しんいち》さんです。京都にある美術工芸に強い高校で、寮生活をしながらジュエリーデザイナーを目指して頑張っていらっしゃいます。まだ高校二年生ですが非常に筋が良くて、この店でもいくつか作ってるんですよ。ああ、たとえばこんな作品とか」

辰雄は白い手袋をはめると、ショーケースからいくつか取り出してベルベット製のトレーに置いた。さくらんぼの可愛らしいピアスや、テントウムシをモチーフにしたペンダントなど、乙女心をくすぐる。

「どれも素敵だわ。だったら辰雄さんが引退した後でも、良い後継者になりそうじゃない？」

「いやいや、無理です無理です。商売として成り立ちまへん」

社長が、ぶんぶん手を振る。

「店をやればやるだけ赤字なんです。信一も卒業後はこの店を継ぎたかったみたいですけど、他のところで仕事を見つけるように言いました。兄夫婦が死んでから、小中高と私立に行かせてやったんやし、充分してやったと思いますんで」

「そう……ご商売は難しいし、それぞれのご事情がありますものね」

ママも経営者だ。理解できるところがあるのだろう。

「ブローチ、おいくらになるかしら。先に全額お支払いしておくわ」

通常なら半分ほどを前金として、完成したら残額を精算、という支払方法が一般的だろうが、ジュエリー・サトウのふところ事情を考慮したのか、ママがそう申し出た。

「ありがとうございます。クオリティの高い石を吟味し、しかも大量に使用しますから、お見積もり金額は最低でもこれくらいになるかと」

辰雄が電卓に数字を打ち込んで、こちら側に回した。

「さ、三百万⁉」

うっかり叫んでしまったわたしを、ママがたしなめる。

「涼子ったら。これくらい当然よ。では現金でお支払いするわね。もし追加料金が発生したら、受領時にお支払いするわ」

驚くわたしの目の前で、ママがバッグから帯のついた札束《さつたば》を取り出す。

「初めて見た。いつもこんなに持ち歩いてるの？」

「たまたまよ。大阪に来てからクレジットカードを使いすぎて、限度額に達しちゃったの。今日は宝石店に行くってわかってたし、今朝、涼子がシャワーしてる間に銀行に行っておろしておいたのよ」

「そうだったんだ」

社長がいそいそと札束をトレーに載せ、領収証を書いてママに渡す。

「どうもありがとうございました。必ず良い物を作らせていただきますので。さあ辰雄さん、お見送りして」

社長と眞規子が、満面の笑みで頭を下げる。わたしとママは立ち上がり、辰雄に付き添われながら店の外へ出た。

「完成を楽しみに待ってるわね」

「お任せくださいませ」

「本当に寂しいわね。お店がなくなってしまうこと」

ママが古びたマホガニーの扉に、そっと手を添える。

「文学で培ったお知恵を借りれば……」遠慮がちな、けれども深刻さを帯びた声で辰雄が言った。「お店を存続させることも可能なのでしょうか」

ママが驚いて振り返ると、辰雄は思いつめた表情をごまかすように微笑んだ。

「つい口が滑りました。大変失礼いたしました。そんなの無理に決まってますよね。定年を控《ひか》えた年寄りの戯言《たわごと》だと思って聞き流してください」

「辰雄さんは廃業に反対なのね」

「……ですが従業員に過ぎません。本当は、もっと早くわたしを解雇し、廃業したかったようです。ただ、わたしを一般的な定年とされる六十歳まで雇用するというのが、先代が生前に作っていた遺言状にあった相続の条件でしたから」

「そうだったの。先代はそこまで辰雄さんのことを考えていらっしゃったのね」

「はい。でもだからこそ、存続させられなかったことが申し訳ないんです」

「辰雄さんは経営に関わらせてもらってたわけじゃないでしょう？　あなたのせいじゃないわ」

「あの、辰雄さん、ちょっと気になったんですが」わたしもつい口をはさむ。「相続とおっしゃいましたけど、通常、先代の会社や遺産は息子さんが継ぐものではないんですか」

「会社は、万が一の時には弟夫婦に土地建物も含めて相続させると遺言にありました。先代の個人の遺産はもちろん信一さんが相続しています。ですが当時まだ小学生でしたから、弟夫婦が未成年後見人になりまして――」

辰雄はそこで言葉を濁《にご》したが、息子への遺産は好きなように使いこまれたのだろう。店の資金も彼らの遊ぶ金に消え、経営が苦しくなったのかもしれない。

「そんな背景があったのね。だけどその中で、辰雄さんは店を守ろうとずっと努力をされてきたのがわかるわ。店舗の修理にお金を出してもらえなかったんでしょうけど、あなたは店内を磨《みが》き上げていた。それが伝わってきたもの」

「ありがとうございます」

辰雄は救われたような微笑を浮かべてから、ふといたずらっぽい口調で続けた。

「なるほど、こんな風に細かな点に注目して謎解きをしていくんですね」

「あら、今のは大したことじゃないわ」

ママが笑う。

「では……これはどうですかね」

ふと真面目《まじめ》な顔になって、辰雄が言う。

「わたしがどこでジュエリーデザインや彫金を学んだか、わかりますか？」

なぜそんなことを聞くのだろうと不思議に思うわたしの隣で、ママはじっと辰雄の目を見つめる。さっき会ったばかりで何のヒントもないのだから、さすがに無理だろう。案の定ママは、

「いいえ、わからないわ」

と首を横に振った。それなのに、なぜか辰雄は嬉しそうな微笑を浮かべる。

「なるほど。今のでよくわかりました。ルナさんは確かに名探偵で、そして……とてもお優しい方ですね」


辰雄に見送られ、角を曲がってから、ママに尋ねた。

「なんであんなこと聞いたんだろうね。どこで学んだかなんて、わかるはずないのに」

「わかったわよ」

「え、わかってたの⁉　すごい！　どうして言わなかったの」

「プライバシーに関わるから」

「え？」

「いいから。追及しないで」

「はーい……あれ、でも名探偵って言ったってことは、辰雄さんは、実はママがわかってたことに気づいてるってこと？」

「でしょうね」

ますますよくわからない。

わからないけれど、ふたりの間にだけ通じるやり取りだったらしい。

それからわたしたちはサトウ・イングリッシュスクールへ行った。いったいどのようにして客になるのだろうかと思っていたが、ママはオンラインでのレッスンチケットを五十回分購入し、情報を聞き出すことに成功した。が、空振りだった。その後も和菓子屋、インテリアショップを回ったが、カズトの手掛かりは得られなかった。

「ああもう、今日のリストも、これで終わっちゃった。いったいどこにいるのー！」

「そうねえ」ママもため息をつく。「今日で三日か。明日からは捜索範囲を広げなくちゃ
——あっ」

バッグから地図を出そうとして、ママが小さく叫ぶ。

「やだ、万年筆がない。お金を出した時、ジュエリー・サトウで落としちゃったんだわ」

「ペンでよければ、わたしの貸すけど」

「ううん、あれは特別なの。ダーリンからのプレゼントなんだもん」

「ああ、絶対になくせないやつだ。じゃあ取りに戻ろう。先にお店に電話して、伝えといた
方がいいんじゃない」

ママは辰雄からもらった名刺にある、店の電話番号にかける。が、誰も出ない。

「おかしいわねえ。営業時間は八時までって書いてるのに。今はまだ七時でしょ」

「辰雄さんの携帯に電話してみたら？」

「そうね」

ママは名刺を裏返して、手書きの番号を押す。今度はすぐに応答があった。辰雄は六時半
に勤務を終え、帰宅途中だとのことだった。ママは忘れ物をしたこと、店に電話したが誰も
出ないことを伝えた。

——社長が閉店までいるはずなのですが、もう店じまいして外出してしまったのかもしれ
ません。ご迷惑をおかけしました。では明日、出勤しましたら必ず万年筆をお探しして、ご

連絡いたしますね。

「ごめんなさい、今日は無理かしら」

――わたしは本日、既に上がらせていただいておりますので……。

「わがままを言って悪いのだけど、何とか戻っていただけないかしら。かけがえのない、とても大切なものなの」

少しの沈黙の後、辰雄が答えた。

――了解いたしました。四十分後にお店の前ということでもよろしいでしょうか。

「助かるわ。本当にありがとう」

電話を切り、新世界に向かってふたたび歩き出す。

「あの社長さん、またどこかで一杯ひっかけてるのかもね」

「確かに。熱意のある感じじゃなかったものね」

そんな話をしながら、新世界エリアに向かって歩き出す。地図アプリによると今の場所から新世界までは徒歩二十五分程度だった。待ち合わせまで余裕があるのでのんびり街を散策しつつ、新世界のエリアに戻り――わたしとママは、あっと息をのむ。

夜の新世界は、昼間とは全く違っていた。総天然色に輝く、張り子の立体的な看板。どぎつく、妖しく点滅するイルミネーション。そしてその中心にそびえたつ通天閣も、自らをカラフルなネオンで着飾っている。

色んな言語が飛び交い、さまざまな人種が行き交う。ノスタルジックなのに、どこか近未来のような。日本なのに、異国のような。現実なのに、夢のような。日常なのに、異次元のような——夜の新世界は、猥雑《わいざつ》で、不思議な伏魔殿だった。

「まさに乱歩の世界だわ。昼間はわからなかったけれど、やっぱりここは『黒蜥蜴』の舞台なのね」

　ママは魅せられたように、うっとりと見渡した。

　混《こ》んでいる道をやっと抜けて、ジュエリー・サトウのある路地へ出る。まだ辰雄は来ていないようだった。十分ほど待つと、やっと「お待たせいたしました」と辰雄が小走りでやって来る。

「ごめんなさいね、わざわざ」

「いえいえ、こちらこそお忘れ物に気づかず失礼いたしました。しかも営業時間内なのに不在で」

　辰雄が鍵穴《かぎあな》に鍵を入れて回し、ドアを押す。が、開かなかった。

「おかしいな」

　再び押す。が、何かが引っ掛かっているのか、開かない。

「申し訳ございませんが、従業員用ドアから入っていただけますか」

「あたしたちは構わないけど、どうしたのかしらね」

　首をかしげながら建物の裏に回る。と、「辰雄さーん」と呼びながら男性が走ってきた。

「ちょうど良かった。社長に集金に呼ばれたんですけど、いらっしゃらなくて」

「そうでしたか、失礼いたしました」辰雄は謝ってから、「こちら竹野《たけの》さん。卸業者の方です」とママとわたしに紹介した。片耳ピアスに、スタイリッシュな黒いエナメルのジャケット。やはりこの業界にはお洒落《しゃれ》な人が多いようだ。

「どうも、竹野です。こちらのきれいなお二方は？」

「お客様の、ルナさんと涼子さんです。忘れ物をされて」

「そうだったんですね。よろしく」

「何時ごろいらしてくださったんですか？」

裏口の鍵を回しながら、辰雄が竹野に聞く。

「三十分近く前やから七時十五分やったかな。携帯も通じなくて。あいかわらず店番ほったらかしてどっかで飲んではるんか、それとも支払いがいやで逃げはったんかなって」

竹野が笑いながら皮肉ると、辰雄が苦笑する。

「三ヵ月も支払いが滞っていましたからね。申し訳ありません」

「ほんまや、社長に会うのん、三ヵ月ぶりやわ」

辰雄がドアを開け、事務所の電気をつけた。

「事務所でお待ちください。散らかっていてすみません。ルナさんと涼子さんはこちらへ。わたしも一緒にお探ししますよ」

辰雄が店舗へつながるドアを開け、一歩踏み出したとたんに悲鳴を上げる。

「どうしました⁉」

竹野がわたしとママをかばうように、前に立つ。そして店舗の方を覗き込むと、大声で叫んだ。

マホガニーの入り口ドアの前、赤い絨毯に、佐藤社長がうつぶせに倒れていた。

「社長、大丈夫ですか⁉」

辰雄と竹野が駆け寄る。傍《かたわ》らに鞄を放り出し、呼びかけたり、耳の下や手首の脈を確認している。病気か事故かと思ったが、そばにはブロンズ像が転がり、べったりと血がついていた。これが凶器だとすれば、殺人である。

「亡くなっているようです」

社長に一切の反応がないことを確認し、竹野が残念そうに首を振った。辰雄ががっくりと肩を落とす。

「すぐに一一〇番するわね……あら？」

ママがスマートフォンを取り出し、首を傾げる。

「どうしてかしら、圏外だわ。みんなはどう？」

辰雄と竹野がそれぞれのスマホを確認し、首を振る。わたしのも圏外になっていた。

「そういえば、そもそもおかしいです。セキュリティ会社と契約しているので、侵入されれば通報が行ってかけつけてもらえるはずなのですが……まさか誰かが解除コードを押したのかな。そうだ、防犯カメラがあります。それを見ましょう」

辰雄が事務所へ駆けて行ったので、全員でついていった。

「あ！」

辰雄がスチール棚の前に立ち尽くしている。棚にはロッカーのような鍵付きの扉があり、その一つが開いていた。

「防犯レコーダーのＳＤカードが抜かれています。扉の鍵もかかっていたはずなのに」

「強盗が盗んだのかしら」

ママが言うと、辰雄が首を横に振った。

「棚にも鍵がついていて、こじ開けられたらアラームが鳴るはずなんです。だけど鳴らなかった……」

「じゃあ、わたしが交番まで行ってきます」

事務所から出ようとするわたしを、辰雄が止めた。

「警察への連絡は……ちょっと待ってください。解除コードを知っている人物は限られるので」

「つまり内輪かもしれないと心配してるの？」

ママが尋ねる。

「はい」

「通報より自首の方が罪が軽くなるから、というわけね。うーん……では十五分だけ。それ以上は待てないわ。いいわね？」

「わかりました」

「じゃあ、もう少し状況を把握するとして……とりあえず眞規子さんに知らせた方がいいんじゃないかしら」

「すぐ電話します。あ、圏外でしたね」

辰雄はデスクにある固定電話の受話器を取った。沈んだ声でふたことみこと話した辰雄は、ため息をつきながら通話を終了した。

「すぐいらっしゃるそうです」

「今どちらなの」

「向かいのビルにあるカフェです。五時ごろから、そこで事務仕事をされてました」

「辰雄さん、信一さんにも連絡しておかないといけないんじゃないですか。大阪に帰ってきてもらわないと」

竹野の言葉に、辰雄は頷いた。

「そうでした。寮にかけてつないでもらわなければ」

「信一さんは携帯電話、持ってないんですか？」

「携帯電話持ち込み禁止の寮なんです」

辰雄は寮に電話して信一を呼び出してもらい、緊急事態なので戻ってくるように告げていた。

「京都からだと一時間はかかりますね――あ、これはなんでしょう」

店舗と事務所の境目辺りから、辰雄が何かを拾う。トランシーバーのような黒いガジェットだった。

「辰雄さん、指紋がついちゃう。犯人が残したものかも」

わたしの言葉に、辰雄は慌ててデスクに置いた。が、ママが言う。

「幸か不幸か、犯人の指紋はついてないと思うわ。凶器のブロンズ像を置いていったくらいだもの。侵入時から退出時までずっと手袋をしていたでしょうね。ただ、今からでもみんな手袋をするにこしたことはないわね」

「たくさんご用意があります。貴金属に触れる時、お客さまにもはめていただくので」

辰雄が引き出しを開け、白い布手袋を人数分出してきた。手袋をはめた手で、ママがガジェットをためつすがめつする。手のひらサイズの黒い箱に電源ボタンや充電口があり、片側からWi－Fiルーターのように何本もアンテナのようなものが出ている。

「もしかしたら電波妨害器かもしれないわ」

ママが電源スイッチを切った。

「どう？　圏外じゃなくなったんじゃない？」

竹野がスマートフォンの画面を見て「あ、ほんとうだ」と言った。

「でもママ、なんのために？」

「Wi－Fi無線を使った防犯カメラを無効にできるからかしら。防犯レコーダーのSDカードを抜くにしても、用心として持ってきたのかも」

「用意周到な犯人だったのね」

「用意は周到だったかもしれないけど」ママがぐるりと店内を見回す。「かなり慌てて撤収したみたいね」

「どうしてわかるの？」

「まず、電波妨害器を落としたまま回収しなかった。もちろん指紋はなく、購入ルートも辿れない品物なんだろうけど、それでも可能な限り遺留品は残したくないわよね。わかりにくいところに落として、探し切れないまま出て行ったんだわ。それから店舗の絨毯。足跡を消そうとしていた痕《あと》があるけど、半分くらいはそのままになってる」

　確かに毛足の長い絨毯の半分は、ブラシか何かで撫でたようにきれいに平らになっている。が、もう半分には、たくさんの乱れた足跡がついていた。

「でもわたしたちが入ったから、犯人の足跡と判別がつかなくなっちゃったね」

「確かにね。だけど仕方がなかったわ。救命できる可能性もあったし、そもそも殺人だと思わなかったもの。それにしても」

　ママは店舗側を覗き込む。

「ショーケースには手をつけていない。宝石目当ての強盗じゃないのかしら」

「宝石は足がつきやすいですからねえ」

　竹野が言った。

「そうですね。今はなかなか現金化できな――あ、まさか」

　辰雄が慌てたように事務所の隅へ行った。そこには金庫がある。テンキーパッドに番号を打ち込むと、金庫が開いた。空っぽだった。

「なくなってます……今日受け取った三百万」

　呆然と辰雄が呟く。

「三百万って……もしかして、あたしが払ったお金？」

「ちょっと待ってください、それって僕への支払い分じゃないですか」

　竹野が泣きそうになっている。その時あわただしく従業員用ドアが開いて、血相を変えた眞規子が駆け込んできた。さっきはあんなに華やかに見えた真っ赤なコートが、不吉に思える。

「あなた！」

倒れている社長を目にすると、眞規子がその場にくずおれた。ママが慌てて抱き起こし、椅子に座らせる。その時にやっとママとわたしの存在に気がついたようだ。

「あなたたち、どうしてここに……？」

警戒するような口調だった。無理もないだろう。

「忘れ物をされたので戻っていらしたのです」と辰雄が説明した。

「そう。それで警察はいつ来てくれるの？」

眞規子が涙をぬぐいながら聞く。

「いえ……まだ呼んでおりません」

「は？　何考えてるのよ」

「実は……」

辰雄がセキュリティシステムが解除されていたこと、防犯レコーダーのある棚を開けられてSDカードが抜かれていたこと、金庫も開けられて、三百万円がなくなっていたことを告げた。

「解除コードを知っているのはどなた？」

ママが全員を見回す。

「夫でしょう、それからわたしと辰雄さんの三人しかいないわ」

「ということは――」

ママがゆっくりと、全員を見回した。

「社長を殺した犯人は、このなかの誰かだわ」

みんなの間に緊張が走った。

「僕は入ってませんよね。解除コードなんて知りませんよ。部外者ですから」

竹野が慌てて両手を振る。

「ああごめんなさい、その通りね。ところでこんなことをしたくはないけれど……三百万円を持っていないかどうか、荷物を確認するしかないんじゃないかしら」

「いいわよ、どうぞ」

眞規子がブリーフケースをデスクに置く。竹野と辰雄も、社長の遺体のそばに放り出してあった自分のビジネスバッグを、それぞれ持ってきてデスクに置いた。

「コートやジャケットも脱いでくださるかしら。ポケットを確認したいわ」

「どうぞどうぞ。何も隠すことないですから」

眞規子がコートを脱いでデスクに置くと、竹野と辰雄もそれにならった。

「涼子、確認をお願いするわ」

「わかった」

わたしは手袋をした手で、まず眞規子のブリーフケースを開けた。事務仕事をしていたと聞いていた通り、中には書類やパンフレット、領収書、見積書などが入っていた。が、お金は見当たらない。コートも両ポケットだけでなく、隠しポケットがないか探した。しかし眞規子の持ち物からは何も出てこなかった。

次に竹野のバッグを開ける。ノートパソコンや充電器、ガム、ペットボトルしか入っていない。ジャケットのポケットはからっぽだった。そして最後に辰雄のバッグを開ける。財布、タブレット、ペットボトル、ハンカチ、書類などしか入っていない。が、さらに奥をさらった時、分厚いなにかに触れた。取り出してみると、札束だった。それが三つ。

まさか。

札束を持った指先から全身に、さあっと鳥肌が広がる。わたしは息をのんで辰雄を見た。

「し、知りません！　わたしは本当に知りません。誰かに入れられたんです。信じてください」

辰雄は必死の形相で、札束を持ったまま呆然と立ち尽くすわたしに懇願《こんがん》する。どう答えていいかわからずにいると、辰雄はすがるようにママを振り返った。

「ルナさんは信じてくれますよね？」

「今の段階では何とも言えないわね。まず順番に記憶をたどりましょう。ご遺体を見つけた時、辰雄さんと竹野さんは救命しようとして荷物を床に置いた。それからはずっとご遺体のそばにバッグはあって、その間、竹野さんも辰雄さんもバッグに近づいていないし、触っていないはずよ。バッグのファスナーを開けて、札束を三つバッグの奥底に隠して、またファスナーを閉めるなんて、音もするし、目立つ行為だわ」

「でも本当に盗んでなんかいません」

辰雄が取り乱す。そんな彼を見ながら、わたしは思い返していた。彼はママが電話をして戻ってほしいと頼んだ時、戻りたがらなかった。そして待ち合わせに遅れてきた。彼が殺害したあと、発覚を恐れて戻りたがらなかったとすれば納得がいく。辰雄は社長を殺害し、三百万を奪い、逃走しようとしていたのでは——

「もしわたしが犯人だとしたら、戻ってくる前にどこかへ隠しますよ」

「隠し通せると思ったんだわ。絶対に辰雄さんよ。そうに決まってる」

震える声で眞規子が言った。

「お義兄《にい》さんが死んだとき、やっぱりあなたをクビにするべきだった。いつかあなたにめちゃくちゃにされるんじゃないかって思ってたわ。人間の本質なんて、絶対に変わらないのよ！」

「落ち着いて、眞規子さん」

「みんな知らないでしょ？　この男はね、前科者なのよ！」

眞規子が叫び、辰雄を指さした。わたしは驚いたが、辰雄がまっさおになってうつむいたので、きっと真実なのだろう。竹野も目を見開いて固まっている。ママもさぞかし驚いただろうと思ったが、

「——あたしは知っていたわ」

と静かに言った。

「どうして？」

眞規子が驚いている。

「辰雄さんが見せてくれた図鑑。どれも裏表紙にシールか何かをはがしたような跡があった。値札にしては大きい。あれは『私本閲読許可証』をはがした跡よね？」

ママが尋ねると、辰雄は消え入りそうな声で「はい」と答える。

「私本閲読許可証？」

竹野が首をかしげる。

「ええ。刑務所の中に持ち込むことを許可された本、ということ」

みんながハッとする。

「辰雄さんの名刺には苗字がなかった。フルネームで検索したら、きっと事件が出てきてしまうんでしょうね。そして、辰雄さんは彫金だけでなく、理容師、ビルハウスクリーニングなどの仕事をしていたと言っていた。どれも刑務所の職業訓練で学べる資格よ。だけどその中でも理容師の資格は取得まで期間が長い。つまり……ある程度、刑期が長い罪だったと考えられる。そうね、例えば」

ママは辰雄を見た。

「強盗、とか」

辰雄が唇をかみしめた。

「先代は、あなたに一生懸命仕事を教え、育てた。自分亡き後もあなたが六十歳まで勤められるようにと配慮していた。そこには雇用者と従業員を超えた思い入れを感じるわ。もしかして先代は、あなたの保護司だったんじゃない？」

眞規子が驚いたように目を見開く。

「すごいわ。そこまでわかるの……？」

「おっしゃる通りです。ですが、わ、わたしは、先代に、二度と罪を犯さないと約束しました。金を盗み、まして社長を殺すなど、するはずがありません」

「だけどあなた、うちの人ともめてたじゃない。そもそも廃業に反対してたし——そうだ、退職金に、百万円ほど上乗せしてくれって頼んでたわね。自分で開業したいからと。でもうちの人は断った。それを恨んだんでしょう。ううん、もしかしたら現金を目にしたら我慢できなくなって、突発的に殺したのかも。いずれにせよ、あなたが犯人で間違いないわ」

眞規子が言い切る。

確かに、盗まれた三百万円がバッグから出てきたのだ。言い逃れはできないだろう。SDカードは出てきていないが、小さいし、すぐに処分できる。今日これまでのやり取りから、わたしは辰雄に誠実な印象を持っていた。こんなことをしたと信じたくなかった。だけど残念ながら、辰雄が犯人である可能性が高いように思える。

ママは腕組みをしてしばらく考え、口を開いた。

「整理してみましょう。まず、眞規子さんが店を出てカフェに行ったのが五時。辰雄さんが退勤したのが六時半。それ以降、社長はひとりになった。そして竹野さんが集金に訪ねたのが七時十五分。辰雄さんがわたしたちと共に戻ってきたのが七時四十分」

みんなが話についてきているのを確認すると、ママは続けた。

「辰雄さんが殺害したのなら退勤する六時半より前、そうでないなら退勤後の六時半から、竹野さんが集金に来る七時十五分までの間に殺されたことになるわね。念のためその間の行動を確認できるかしら」

「わたしはずっとカフェにいたわ」眞規子が言った。

「だけどカフェはお向かいのビルでしょう？　戻ってきて殺害して、またカフェへ行くことは可能よね？」

「無理よ。カフェは最上階の六階にあるの。エレベーターを使えばカメラにばっちり映っちゃうわ。階段もあるけど、六階からの往復となると時間がかかる」

「そう、お向かいと聞いていたから、てっきり簡単に行き来できるんだと思ってたわ。それなら確かに数分で往復、というわけにはいかないわね」

「それにカフェの中にも防犯カメラがあるでしょ。ずっとわたしがトイレにもいかず、窓際の席で事務仕事をしてる様子が映ってるはずよ」

「なるほど。では竹野さんは？」

「ええと、まず僕が自分のオフィスを出たのがここに着く十分くらい前だから……七時過ぎですかね。オフィスはこのビルです。歩いて十分のところです」

竹野が事務所の壁に貼《は》ってある近隣地図を指さした。ジュエリー・サトウから何ブロックか離れている。

「あ、ちなみにうちは五階で、やっぱりエレベーターを使ったのでカメラで証明できると思います。で、店についたものの社長はいなくて、携帯にもかけて……そんなことをしながら、この店の前に十分はいましたかね。で、また出直そうと思って、この辺をぶらぶら歩いてました。そしたら偶然に辰雄さんたちが見えたんで、ホッとして合流させてもらったわけです」

「辰雄さんは？」

「本当は五時半に上がる予定だったんですが、仕事が終わらずに遅くなってしまいました。六時半に仕事が終わって、やっとタイムカードを押して退勤しました。社長はよく勝手に店じまいして飲みに行ってしまうので、くれぐれもそんなことをしないよう、お願いしてから外に出ました。その時、社長は生きていました。本当です」

辰雄が汗を浮かべながら、必死で説明する。

「時系列と皆さんの行動はわかりました。次に動機だけど――」

「動機なんて。わたしにあるわけがないでしょう」

眞規子が心外だ、とでも言いたげに、頬を震わせる。

「あの、そもそも三百万円は僕に支払われるべきだったので……僕には盗む必要がありません」

竹野が言う。確かにそうなのだ。となると、やはり動機の観点からも、辰雄しかいなくなる。

「もう決まりでしょう、ルナさん」

眞規子がため息をつく。

「そもそも、この男が警察を呼ぶな、と頼んだ時点でおかしいじゃありませんか。前科者の自分が真っ先に疑われて、しかも動機もあって、盗んだ三百万を隠す時間がなかったから焦ったんでしょう。こんな男、さっさと警察に突き出すべきです」

険悪な雰囲気になってきた。けれども、部外者であるわたしから見ても、あらゆる状況が、辰雄が犯人であることを示している。

「そうね。確かに辰雄さんには動機があり、防犯レコーダーや解除コードへのアクセスもでき、殺害のチャンスもあった。物的証拠もある。総合すると、犯人は辰雄さんしか考えられないわ」

　辰雄が、絶望しきった表情になる。

「だけど条件が揃いすぎている。もしかしたら辰雄さんはレッドヘリングなのかもしれない」

「レッド……なに？」

　わたしは思わず聞いた。他の人も首を傾げる。

「レッドヘリングはミステリーの技法よ。わざと真実や真犯人から目をそらすために提示される人物や事柄」

「ミステリーの技法って……」

　眞規子が憤然と立ち上がった。

「ふざけんといてください！　うちの人、殺されてるんですよ？　これは現実です。小説やドラマなんかじゃありません」

「だけど……あたし、疑問があるのよ」

「なにがですか？」

「犯人が大慌てで出て行ったこと。電波妨害器を落としたことには絶対に気づいてたはず。だけど回収をあきらめて撤収した。絨毯の痕跡《こんせき》を消すのも中途半端だった。まるで辰雄さんやあたしたちが戻って来るのを見ていたのかと思うくらいだわ」

「そりゃあ犯人は現場から一刻も早く立ち去りたかったんでしょう」

「だけど辰雄さんが犯人だとすれば、そんなに慌ただしく犯行と後始末をしないはずよ。眞規子さんがカフェに行ってすぐに実行すれば、いくらでも余裕はあったんだもの」

「あのねえ、ルナさん」眞規子は涙声で言った。「事実だけを見てくださいよ。辰雄さんは防犯レコーダーからSDカードを抜けたし解除コードも知ってた。動機があるのは辰雄さんだけ。おまけに強盗の前科者です。レッドへリングなんて、現実にありませんよ。あやしい人は、そのまま犯人なんです」

　確かに、情報を整理すればするほど、辰雄が犯人であるとしか考えられなくなる。

わたしはちらりとママを盗み見た。ママは本音では辰雄のことをどう思っているのだろう。疑っているのだろうか。ママは黙ったまま、腕組みをして真剣な表情で近隣地図を眺めている。しばらくすると、何かに気がついたように「あ」と声を上げた。

「そうだわ。『黒蜥蜴』……」

　つぶやいたかと思うと、ママは慌ただしく遺体のそばへ行き、しゃがんだり、マホガニーのドアの小窓から外を覗いたりしていた。そして納得した表情で事務所に戻ってくると、今度はスマートフォンを取り出し、気が急いているように打ち込み始める。数分間ほど真剣なまなざしで操作を続けた後、やっと「なるほど、そういうことね」と表情を緩めた。

　みんながいぶかしがる中、ママが小さく手を挙げる。

「いくつかお聞きしたいことがあるの。まず竹野さん。こちらのジャケット、とっても素敵ね」

ママはデスクの上に置かれた、竹野のジャケットを示した。

「いつ購入されたの？」

「はい？」

竹野はきょとんとしている。わたしもあっけに取られていた。事件に全く関係がない。

「ええと……今月初めだったかな。新作で出たばかりだから」

「そう。次に眞規子さん、いらしたカフェってセルフサービスかしら？」

「……そうやけど」

「カフェでは窓際の席に座ってたと言ってたわね。寒かったんじゃない？」

「え、ええ、まあそうね」

「屋内だけど、コートを羽織《はお》っていたんでしょうね」

「はあ」

「だけど首元が寒そう。マフラーかストールを持っていらっしゃるんじゃない」

「──ストールを持ってるけど」

「それは何色かしら」

「緑よ」

「そう。コートの赤とストールの緑。やっぱりこの季節、クリスマスカラーでなくてはね」

ママはひとりで満足げにうなずいているが、わたしたちはぽかんとしていた。

「あの、ママ……どうして話題がファッションのことに脱線するの？」

「脱線なんてしていないわ。とっても大切なことよ」

「そんな質問が？」

「ええ。だってあたし、犯人がわかったもの」

ママは自信たっぷりに微笑んだ。


「犯人がわかったって……今の質問で、ですか？」

辰雄が眉間《みけん》にしわを寄せ、不安げに聞く。

「ええそうよ」

「もちろん辰雄さんでしょう？」

眞規子が勇んで身を乗り出した。

「いいえ、違うわ。佐藤社長を殺したのは……あなたよね、竹野さん」

ママが竹野の方を向く。彼は予期せぬ言葉に驚いて立ち上がった。

「いやいやいや。僕はありえないでしょう。そもそも動機がないし。放っておいても手に入る三百万円のために殺すはずがないでしょう」

「そう。それこそがあなたの狙いだったのよ」

「――え？」

「犯行は、今日でなくてはならなかった。あなたに疑いがかからないように」

「は？　な、な、なにを言ってるんですか。盗まれた三百万円は辰雄さんの鞄から出てきたじゃないですか。あんなにはっきりした証拠はないでしょう」

「確かにそうね」

「それに、僕は解除コードも知らないんですよ?」

「だから、もちろん内部の協力者がいたのよ——ねえ眞規子さん?」

辰雄が目を見開き、眞規子は顔を伏せる。

「筋書きはこうよ。眞規子さんはカフェに行く直前に防犯レコーダーからSDカードを抜いて、金庫から出した三百万円を辰雄さんのバッグの奥底に入れておいたの。そのまま何も知らず、辰雄さんは退勤した」

辰雄が、そうか、とつぶやいた。

「辰雄さんが退勤して店内に社長しかいなくなったあと、竹野さんは自分のオフィスを出て、こちらに向かう。あらかじめ聞いておいた解除コードで問題なく侵入する。普通にインターホンを押せば、なんの疑いもなく社長は入れてくれたと思うけど、自動的に来客を録画するタイプが主流だものね。メモリを取り出すリスクより、解除コードでこっそり入ることをえらんだんだと思うわ。

侵入したら、あとは実行するだけ。店内にあるブロンズ像を選んだのは、へたに凶器を用意すれば足がつくからでしょうね。ナイフだと返り血を浴びる可能性もある。きっとそれも避けたかった」

竹野と眞規子の表情からは、これが事実なのかそうでないのか、読みとれない。ふたりはただ黙って、ママの話に耳を傾けている。

「さて、いざ背後からブロンズ像で殴ってみたけど、一度では成功しなかったようね。絨毯の足跡を見ると、広範囲にわたって、とても乱れているもの。社長も、犯人の顔を見ようと必死で振り向いて、摑みかかってきたんでしょうね。もみ合いながら何度かブロンズ像を振り下ろすと、やっと動かなくなった――」

まるで見ていたようにママが話すので、背筋が寒くなった。

「違う！」

竹野が急に何かを思いついたように顔をあげた。目が血走っている。

「なあ、あんた言ったよな。犯人はまるであんたらが帰って来るのを見てたように、慌てて撤収したって。仮に俺が犯人だとしても、あんたらが急に戻って来ることなんてわかりっこない。あんたらと鉢合わせして、捕まってるよ」

確かにそうだ。辰雄が店に戻ってくることは、不測の事態だった。

「もしかして共犯とやらの眞規子さんから電話で知らされたと疑ってるとか？　でもありえないよな、だって眞規子さんだってあんたらが戻ってくることなんて知らなかった。いや、それ以前に、電波妨害器があったじゃないか。ピンチを知らせようにも、どのみち無理だよ。ああ、固定電話があるか。どうぞどうぞ、固定電話でも携帯電話でも、履歴を調べてください」

竹野は勝ち誇ったように笑った。

「そのからくりもわかってるわよ」

ママが両手を後ろで組んで首を傾げ、乙女っぽく微笑する。

「なんやと？」

竹野の顔が凍《こお》り付く。

「黒蜥蜴は、どうして通天閣を宝石の受け渡し場所に選んだんだと思う?」

「……はあ?」

「それはね、高いところからだとよく見えるからよ。ああ、もちろん低いところからもね。仲間同士、お互いに合図をしやすいの」

わたしと辰雄が首を傾げる一方で、竹野と眞規子は顔面蒼白《そうはく》になっている。

「通天閣の展望台にいる黒蜥蜴を、仲間の男が双眼鏡で見守っているの。そして彼女の身に危険が迫ったら、赤い布で別の仲間に合図をすることになっていた。高いところ、そして赤い色は遠くからでもよく見えるものね。

おそらく、この計画は何ヵ月も前から決まっていたんじゃない? 発動条件は、竹野さんに売掛金を清算する時、つまり一番疑われない時と決めてあった。社長から竹野さんに、集金に来るよう連絡がある。それをきっかけに、前々から立てていた計画を遂行する。そうすれば当日、一度も連絡を取り合うことなく進められるものね。ただし万が一のために、実行か中止かの合図は決めておいた方がいい。だから前もって、履歴が残らないアナログな連絡方法を取り決めてあったのよね。

まず眞規子さんは向かいのビルの六階にあるカフェに行くと、窓際の席についた。きっとそこから、お店の正面ドアも従業員ドアもよく見えるんでしょうね。そして辰雄さんが店を出たことを確認すると、緑色の大判ストールを羽織った。竹野さんのオフィスとカフェのあるビルの間に、視界を遮るような高い建物はないわ。社長から集金の連絡を受けて、竹野さんはずっと窓から双眼鏡を覗いて待ち構えていたゴーサインを受け取った。

竹野さんはすぐに店に向かった。従業員用の入り口から入る前、もう一度カフェの窓を見て——ああ、この時は目視で充分ね——ゴーサインのままであることを確認してから侵入し、犯行に及んだ。社長が息絶えると、玄関ドアの小窓から引き続きゴーサインが出ていることを確認しながら後処理を始めた。けれど早い段階で、中止のサイン、つまり赤いコートによる赤信号が掲げられた。竹野さんはすぐさま店を飛び出し、様子をうかがった。眞規子さんの姿はもう確認できなかったけど、辰雄さんとあたしたちが近づいてくると、もう一度現場を確認できるチャンスとばかり、何食わぬ顔で合流して店に入った——こうして共犯の証拠をいっさい残さず、犯行をやってのけたわけよ」

竹野は一瞬ひるんだ。が、すぐに強気で言い返す。

「全部、あんたの妄想だよ。あんたも言った通り、犯人は指紋を残すようなへまはしてない。防犯カメラの映像もない。証拠なんて一切ないんだよ」

「確かに犯人は現場に指紋は残していないでしょうね」

「ほらな」

竹野が勝ち誇ったような顔になる。

「だけど……社長の指紋はどうかしら」

「——え？」

「もみ合いになったんだもの、竹野さんのエナメルのジャケットには、社長の指紋がべたべた残っているでしょうね。ああ、今日ついたんじゃないって言っても無駄よ。そのジャケットは今月買ったばかりなんでしょ。しかも社長と会うのは三ヵ月ぶりって言ってたじゃない」

竹野の顔から血の気が引いた。彼はとっさにデスクにあるジャケットへ手を伸ばしたが、素早く辰雄が取り、金庫に放り込んで鍵をかけた。

眞規子はまっさおな顔でやりとりを見ていたが、急にわっと顔を覆い、泣き始めた。

「わたし、この男に脅されたんです。見張っておけって無理やり。でないと命はないって」

「あらまあ」

ママはころころと笑う。

「この期《ご》に及んで何をおっしゃるの」

「本当です、信じて」

涙にぬれた目で、必死にママに訴えかける。

「いいえ、眞規子さんが主犯よ。さっき調べたら、この土地と建物、いくつも抵当に入ってるのね」

「……どうしてそれを」

「今はインターネットで登記簿謄本が取れる時代なのよ。さっきスマホで調べちゃった」

「でも……だったらどうだっていうんです？」

「つまり多額の借金があるけれど、店舗を見る限り、とても事業にお金を費やしているとは思えない。個人的に使い込んでいたのは想像に難くないわ。社長がしきりに店を畳んで土地建物を売ろう、と言っていたのは、リタイア以前に、借金の返済が難しくなってきたからなんでしょうね」

眞規子は黙っている。

「だけど、もし土地建物を売り払って借金を返したとしても、何が残るかしら。何も残らないわよね。つまり社長と眞規子さんは無一文になる。でも、ひとつだけ、借金も返済して、財産も残せる方法があるわ」

眞規子がごくりとつばを飲み込んだ。

「デスクに郵便物が置いてあるけれど、生命保険会社からの封書が何社かあるわね。経営者でもあるし、社長には億単位の保険金が掛けられていても不自然じゃないわ」

「……まさか」

わたしが思わず声を上げると、ママが頷いた。

「そう。社長が亡くなれば多額の生命保険が下りて、借金は完済できる。そしてこの土地建物はそのまま、配偶者であり副社長でもある眞規子さんが全て相続できる」

眞規子は唇をかんでうつむいている。膝の上で握った拳が、震えていた。

「だ……だけど証拠なんてないもの」

「そうかしら？　これから竹野さんのオフィスや自宅には捜索が入ることになるわね。お二人の関係がどんなものかは知らないわ。だけどそこに、眞規子さんの痕跡はないのかしら」

眞規子が息をのんだのがわかった。

「そもそも防犯システムの解除コードは、内部に協力者がいないと成り立たないわ。あと、SDカードね。あなたはカフェでトイレに立たなかったと言っていた。現場からは目が離せないし、カフェの防犯カメラでずっと席を立たなかったことをアピールできるものね。となるとトイレで処分するのは無理。辰雄さんから連絡があって急遽《きゅうきょ》戻ることになった時、紙コップと一緒に捨てたんでしょうね。根気よくゴミ箱を探せば見つかると思うわ。あ、別に水没してても壊れててもいいの。あなたの指紋なりDNAさえ検出できれば。不測の事態がなければ、もっときっちり処分できたのに、残念だったわねえ」

眞規子は泣き崩れ、竹野はぼうぜんと立ち尽くしている。ふたりの様子を、信じられないという面持ちで辰雄が眺めていた。


「お力添えをありがとうございました」

警察に竹野と眞規子を引き渡し、ママもわたしも事情聴取を終えたあとで、あらためて辰雄から頭を下げられた。

「解決してよかったわ」

「ルナさんと涼子さんのおかげです」

そうしみじみ言う辰雄の隣には、先代の息子、信一がいる。高校の寮から駆けつけ、先ほど到着したのだ。

「色々とありがとうございました」

礼儀正しく、深々と頭を下げる。まだ高校生とは思えぬほど落ち着いていて、なかなかの好青年だ。

「それにしても、まさか本当に、文学で培ったお知恵で店を守っていただけるとは思いませんでした」

辰雄の言葉に、信一が首を傾げる。

「文学で？　店を守る？」

「いいのいいの、気にしないで」ママが笑う。「オーダーしたブローチが、『黒蜥蜴』という江戸川乱歩の小説をモチーフにしてるってこと」

「江戸川乱歩……」

信一が目をぱちくりさせる。

「じゃあね。ブローチ、楽しみに待ってるわ」

ママとわたしが歩き出しても、ふたりはずっと手を振っていた。

「あー、解決してよかった。さすがママね」

「一時はどうなるかと思ったけどね」

駅まで歩きながら通天閣を見上げる。

「通天閣のおかげだよね」

「ほーんと」

「黒蜥蜴がいたのは、てっぺんのどの辺りかなあ」

「ああ、違うの。黒蜥蜴がいたのは、あの通天閣じゃないのよ」

「え、どういう意味？」

「今建っているのは二代目なの。初代通天閣は二代目のある位置から南へ三十メートルのところにあったんだけど、一九四三年に火事で焼失したの。今の二代目ができたのは一九五六年」

「黒蜥蜴の舞台は？」

「一九三四年。つまり初代通天閣の展望台だったわけ」

「なーんだ、そっかぁ。まさか通天閣がふたつあるなんて思わなかったよ」

「そうよね。関西の人でもあんまり知らないんじゃない？」

「同じものが、ふたつ存在するのね。ああ『黒い魔女』と『黒蜥蜴』もそうだよね。同じストーリーだけど、別のバージョンが存在する」

「確かにそうね」

ママは足取り軽やかに進み、そして——ぴたりと立ち止まった。

「どうしたの？」

「『黒い魔女』と『黒蜥蜴』……？」

「え？」

「同じストーリーだけど、別のバージョンが存在する……？」

ママは少しの間黙り込むと、何かに納得がいったように大きく息を吐いた。そして少し困ったように眉を寄せ、「ああ、もう」と苦笑いしながら首を横に振った。

「そういうことだったのね。あたしとしたことが、すっかり騙《だま》されたわ」

ママがもう一度ジュエリー・サトウに戻るのを、わたしは慌てて追いかける。この事件は解決したはずだ。眞規子と竹野も罪を認めた。警察に引き渡した。それなのに、なぜ？

「おや、ルナさん。涼子さんも」

従業員用ドアをノックしたママとわたしを、辰雄が意外そうに出迎える。辰雄は信一とデザインを練っていたのだろう、デスクには黒蜥蜴のスケッチが何枚も広げられていた。

「ああ、ルナさん。ほら、これ見てください」

信一が、手に持っているタブレット端末を掲げる。そこには『黒蜥蜴　江戸川乱歩』の文字があった。

「製作のインスピレーションを得るために、参考に読み始めました。面白いですね」

「そう。それならよかったわ」

ママは信一に微笑んだ後、辰雄に小声で言った。

「あらためて、ちょっとお話ししたいことがあるの」

「わかりました。寒かったでしょう。コーヒーでもいかがですか」

辰雄が、信一の作業しているデスクから離れた所にあるソファ席を手のひらで示す。

「ええ、いただきましょう、涼子」

ママに促され、わたしもソファに腰かけた。辰雄がコーヒーを淹れたマグカップを三つテーブルに置いた。向かい側に座った辰雄を、ママはまっすぐ見据える。

「辰雄さん……あなた知っていたのね、眞規子さんの計画を」

わたしは驚いて辰雄を見た。

辰雄は答えない。ただ黙ってコーヒーに口をつける。

「あたしが忘れ物をしたと言った時、あなたは最初、店に戻りたがらなかった。なんとか翌日にしようとしていた。あたしが頼みこむと了承してくれたけど、来るのが遅かったわよね。それにお店の存続を最優先に考えるあなたなら、店内で殺人事件が起これば真っ先に警察を呼ぶはず。変な噂がたったり、銀行はもちろん、お客様からの信用を失っては大打撃だもの。だけどあなたは通報しようとした涼子を止めた」

辰雄はマグカップを持ったまま、やはり黙っている。

「あなたは、事件直後でしかできないことをする必要があった。それは、眞規子さんが主犯だと証明すること。もしあのまま警察が来ていたら、竹野さんの単独犯にされていた可能性がある。眞規子さんは実行犯ではないから、事件直後のチャンスを逃せば、逃げ切れてしまうかもしれない。あなたはどうしても眞規子さんこそが主犯だという証拠なり自白なりが欲しかった」

「……なぜわたしが、そんなことをするのでしょうか」

「社長が亡くなれば、通常は配偶者である眞規子さんが全てを相続する。だけど殺人を計画した証拠があれば……相続の欠格事由になる」

あ、とわたしは息をのむ。

「社長は亡くなったから保険金で借金は清算される。そしてこの土地と店は、相続資格を失った眞規子さんの代わりに、先代の息子、つまり信一さんがまるまる相続できるってこと？」

「その通りよ、涼子」

ママが続ける。

「あなたは何らかの方法で、事前に眞規子さんと竹野さんが社長を殺す計画を知った。そして……そのまま実行させたのね」

「やっぱりルナさんにはかないませんね。まさかそこまで見抜かれてしまうなんて」

　辰雄は困ったように微笑してマグカップを置いた。

「先代が大切に、大切に築き上げたこの店を、社長と眞規子さんはさんざん食い物にしてきました。信一さんが譲り受けるべきだったものも、全て取り上げてね。ものすごく悔しかったですよ」

　抑えた口調だが、怒りが伝わってくる。

「信一さんにも話してみたことはあります。告訴すればお金が戻って来る可能性があったので、戦いましょうと。だけど、まだ十代の子供ですからね。いち従業員であるわたしが叔父叔母をあしざまに言った、と逆に不信感を持たれてしまいました」

　苦笑しつつ、首を横に振る。

「もう打つ手はない。このまま廃業の日を黙って待つしかない——諦めかけていた時、聞いてしまったんです。事務所で、眞規子さんと竹野さんが計画についてこそこそ話すのを。あれは今でも、先代が導いてくれたんだと思ってますよ」

「それで、辰雄さんは彼らの計画を逆手《さかて》に取ることを考えたのね」

　辰雄はまっすぐママの目を見ながら頷いた。一ミリの後悔もしていない、力強い表情だった。

「細かい話はほとんど聞こえませんでした。かろうじてわかったのは、次の集金がある日に決行する、ということだけです。具体的にいつ、どのように殺すのか、どう逃れるつもりなのかなどは、全くわかりませんでした。そしてついに、まとまった現金の入った今日、社長が支払いをするとわかりました。いよいよだ——わたしはどきどきしながら退勤したんです」

　辰雄はふたたびコーヒーで舌を湿らせる。

「ですが、ルナさんから電話があって店に戻ることになりました。廃業の日は迫っています。わたしはどうしても、今日ふたりに実行してもらいたかった。だからできるだけ長い時間、店に誰もいない状態にしたかったんです。だから中に入って、倒れた社長を見つけた時はホッとしました。まさかわたしが罪をなすりつけられるとは思いませんでしたが」

　辰雄は自虐的に笑う。

「しかし、どうしてルナさんにわかってしまったんでしょうか。警察に二人を引き渡して、ルナさんと涼子さんがお帰りになった時、ああすべてが完璧に終わった、と安堵《あんど》したのですが」

「『黒蜥蜴』よ」

「え？」

　わたしも辰雄も、同時に首を傾げた。

「乱歩がヒントをくれたの。と言っても、その閃《ひらめ》きをくれたのは、涼子なんだけど」

　とママがわたしを片手で示す。

「わたし？　何か言った？」

「『黒蜥蜴』にはね、ふたつのバージョンがあるの。一つは、もちろん乱歩が書いたオリジナル。そしてもう一つは、筋書きはそのままに、子供向けにリライトしたジュニア版」

「はあ……」

　この話がいったいどこへつながるのか、辰雄もわたしも首を傾げている。

「この計画の筋書きを描いたのは、もちろん眞規子さんと竹野さんだわ。だけどあなたは彼らの筋書きはそのままに、自分のバージョンに仕立て上げた――ジュニアのためにね」

　辰雄が小さく息をのみ、それからそっと目を伏せた。

「わたしのしたことは……罪になるでしょうか」

「さあ、どうかしら。あたしには、悪が勝手に滅びてくれたようにしか見えないけど」

　ありがとうございます、と辰雄はかすれる声で呟き、目を潤ませた。

「あの……なにかあったんですか？」

　いつの間にか、信一が近くに立ち、わたしたちを心配そうに見つめている。

「なんでもないのよ。辰雄さんはね、このお店を守ることができてホッとしてるだけ。あなたは今日から、ジュエリー・サトウの三代目なんだから」

「え、なんでそんな話になってんですか。三代目なんてとんでもないですよ。僕、まだガキなんだから。辰雄さんがやったらいいじゃん」

「このご時世、高校生でも社長を務めてる子はいるのよ。それに辰雄さんがこれからもしっかりサポートしてくれる。もう退職しなくてよくなったんだから」

「でも……先代は偉大だ偉大だって、辰雄さんがあんまり言うもんだから。僕がそれを超えられるはずがないし」

「初代通天閣は高さ七十五メートル、二代目通天閣は百八メートル。後継者は初代を超えるものよ、大丈夫」

「うーん、まあ考えてみるけど……って、そうだ、その通天閣なんですけど」

信一が、脇に抱えていたスケッチブックのページをめくる。

「『黒蜥蜴』で通天閣が出てくるところ、すごく印象的でした。だから――」

ページをめくっていた手を止め、おずおずと差し出してくる。

「辰雄さんのデザインを、もうちょっとアレンジしたらどうかなって」

ページを目いっぱい使って描かれていたのは、満月を背景にネオンを輝かせた通天閣、そしてそれに妖しくからみつく黒蜥蜴だった。色鉛筆で、ほんの短時間で描かれたはずのスケッチは、とても高校生が手がけたと思えないほど緻密《ちみつ》で、配色も美しく、圧倒的な迫力を持っていた。

「まいったわね」

ママが口笛を吹いた。

「こんな斬新《ざんしん》なブローチ、早く着けて自慢したいじゃない。一日でも早くしあげてくれないと困るわ」

不安げな表情から一転、信一が顔を輝かせる。

「ありがとうございます！　早速デザインの細かいところ、調整していきますね」

信一はスケッチブックを持って、ふたたびデスクに戻っていった。鼻歌を歌いながら作業を始める信一を、辰雄が誇らしげに見守っている。

「黒蜥蜴は言うの。『美しい人間は、美術品以上だわ』って。あたし、夢に向かってひたむきに努力する人ほど、美しい存在はないと思う。彼こそが、ジュエリー・サトウの、真の宝石よね」

「はい」

辰雄がかみしめるように頷く。

「そしてその宝石を守り抜いた辰雄さんを、先代は心から誇りに思っていらっしゃるはずよ」

辰雄の頬に、涙が伝った。そして「ルナさんはやっぱり名探偵で、そして優しい人ですね」と声を震わせた。

ママが人助けをした労《ねぎら》いに、天王寺公園内にある林芙美子文学碑、夕陽丘にある織田作之助の石碑、大国主神社の折口信夫の歌碑を回ってからホテルに戻った。新世界でテイクアウトしてきた串カツを電子レンジで温めて食べると、すぐにベッドにもぐりこむ。

「あれ？　これなんだろ」

照明を消そうとサイドテーブルのスイッチをまさぐっていて、「プラネタリウム」というボタンに気がついた。押してみると真っ暗になり、代わりに天井に夜空が広がった。

「わあ！　こんな機能あったんだ」

「最高じゃない。あ、ベッド回してよ」

「回す回す」

ボタンを押すと、ベッドがゆっくりと回転し始めた。

「わあ……きれい」

満天の星。その中に、白い満月が浮かんでいる。

「そういえば……どうしてママのバーの名前、『マーキームーン』っていうの」

「誰もが主役であることを思い出してほしいからよ」

「主役?」

「そう。生きることは、その人自身の物語を紡ぐことよ。人生は物語で、誰もが主人公なの。だけどそう思えないこと、たくさんあるわよね。大切にしてもらえなかったり、理不尽に扱われたり——あたしがそうだった。ずっと自分の存在を否定されて、どこにも居場所がなかったから」

「ママ……」

「マーキーはね、アメリカの古い映画館や劇場の表にある、大きな電光掲示板のこと。演目のタイトルや主演の名前を、アルファベットをはめこんで表示するの」

古い洋画で見たことがある。ノスタルジックな映画館の正面に輝く看板が、夜の街を照らしていた。

「そして月は人生のスポットライトなのよ。どんなに人生という旅路が暗くても、月は雲の向こうで光を放ち続けて、またあなたを照らしてくれる。マーキーに煌々《こうこう》ときらめいているのは、他でもない、自分の名前。あたしの店に来る人には、自分こそが主人公なんだってことを思い出して輝いてほしい――そう伝えたくて名付けたのよ」

「すごく素敵な名前だと思う」

　ママの手をぎゅうっと握ると、ママも握り返してきた。

「わたしも主人公かな」

「もちろんよ」

「でもわたしの物語なんて冴えないよ」

「そんなことないわ。どんな人生も驚きと魅力で満《み》ち溢《あふ》れてる」

「ないない。挫折《ざせつ》と後悔ばっかだよ」

「あら、挫折は新しい章の始まりよ」

「新しい……章？」

「挫折や後悔、痛みを経験して、成長するたびに新章が始まるの。そのたびに物語が豊かになると思えばいいわ」

　わたしの物語はどんなだろう。バレーボールに明け暮れた青春時代、カズトに恋をして、別れて、バレーボールから引退して、結婚して子供を産んで、だけど夫とうまくいかなくなって、そして今またカズトを探している。

　とてもではないが豊かな物語だなんて思えない。マーキーにはわたしの名前はない。わたしにはスポットライトなんて当たらない――

　うとうとしかけた時、明るいメロディが鳴った。

「あたしの携帯だわ。誰かしら、こんな時間に」

ママも眠りかけていたらしく、けだるそうにベッドから起きると、サイドテーブルに置いてあったスマートフォンに手を伸ばした。

「もしもし」

あ、ママさん？　ごめん寝たはった？　と相手の声が聞こえる。それからもなにやら聞こえていたが、またわたしは眠りかけていた。

「――え⁉」

突然、ママが大きな声を出したので、目が覚めた。なにごとかと上体を起こす。ママは礼を言うと、呆然とした表情で終話ボタンを押した。

「どうしたのママ、大丈夫？」

「涼子、大変だわ」

「なあに」

「――カズトの実家がわかったって」

最終話

「月夜《げつや》行路《こうろ》」

眠れぬ夜を過ごし、朝になった。

ママが用意してくれた朝食も喉を通らず、コーヒーに少し口をつけただけだ。手が震えてまともにメイク道具を持てないので、ママがフルメイクをして、髪もブローしてくれた。

外に出ても寒さを感じず、両方の手のひらにはじっとりと汗をかいている。ママに押し込まれてタクシーに乗り、どこかへ向かった。

いや、どこかではない。カズトのところだ。カズトの実家が経営している会社だ。

ゆうべ、電話をしてきてくれたのは、道修町の呉服屋の佐藤さんだった。ママに助けられたお礼にと、あちこちの商店街組合や、商工会などに声をかけ、調べてくれたらしい。

ホテルからどれくらい走ったのかわからない。わたしはいつの間にかタクシーから降ろされ、ママとともに、ビルの前に立っていた。

佐藤テクニカル株式会社。

大きなビルではない。五階建てだ。新しくはなかった。だけど歴史を感じさせる。このビルのどこかに、カズトがいる。本当に、ついにここまで突き止めたのだと思うと、信じられなかった。現実感がなく、ふわふわした心地がする。

「大丈夫？」

ママがわたしの顔を覗き込む。

「うん」

「ここは平野《ひらの》っていうところ。あたしたちが回っていたところから、少し外れてた。いずれは辿り着いていただろうけど、時間がかかったでしょうね。情報をもらえて助かったわ」

「何の会社？」

「半導体を作ってるみたい。カメラとかスマートフォンの」

「じゃあ一般人が飛び込みで買えないよね」

「心配しないで。ちゃんと準備はしてきたから。さあ入りましょう」

ママに促されてビルの中に入る。足がもつれた。喉がカラカラだった。

ママは一階にある受付電話でアポイントなしの来訪であると告げ、わたしでも聞いたことのある大手の機械メーカーの代理の者だと言った。

「嘘はよくないよ」

ママが受話器を置いてから、わたしは焦って言った。

「嘘じゃないわ。バーのお客様なの。この会社のことを話したら、取引を検討したいって。業界の中では、割と知られた会社みたいよ」

「そうだったんだ……」

エレベーターが開いたので、もしやと思ってドキッとしたが、おりてきたのは女性だった。艶やかな長い髪。小柄だが、パンツスーツ姿できりりとしている。年代はわたしと変わらないくらいだろうか。いかにもキャリアウーマン、といった雰囲気だった。

「はじめまして。わたくし代表取締役の佐藤と申します。本日はよろしくお願い申し上げます」

女性がてきぱきと名刺をママに、そしてわたしに手渡す。正面から彼女を見て、わたしは目を見開いた。

あの日の、女だった。

わたしが名刺を受け取ったまま固まっていると、女性は訝し気にわたしを見て、そして息をのんだ。

互いに何も言えぬまま、立ち尽くす。ママが察したのか、そっと口を開いた。

「こちらは佐藤和人さんの会社で間違いないでしょうか?」

彼女は小さく頷き、「その節は大変失礼いたしました」とか細い声で言った。

「わたしのこと、覚えてるんですね?」

「はい……和人に会いにいらしたんですね?」

「そうです。二十年以上も経って、ばかみたいと思われるかもしれませんけれど、でも――」

「いいえ」

彼女は遮って、首を横に振った。

「いつか、もしかしたらこういう日が来るかもしれないと思っていました」

そう目を伏せる彼女の顔には、二十二年分の月日が刻まれている。あの日のような若さと輝きはない。けれども、やはりとても可愛らしい人だった。

「──彼にお会いになりますか？」

「いいんですか？」

「ええ。こちらへどうぞ」

彼女は会社を出て、裏へ回り、そのまま敷地《しきち》を抜けた。無言で歩くこと五分。手入れの行き届いた常緑樹に囲まれた、立派な家屋が見えてきた。彼女は門をくぐると、さらに奥へとわたしたちを先導した。

心臓が跳ねる。会いに来たくせに、この瞬間のために東京からわざわざ来たくせに、いざとなると怖かった。今さらながら、わたしは何をしに来たんだろうと気持ちがぐらぐらに揺れた。あの日のことを聞いてどうなる？　どうしてわたしを裏切ったのかを問いただしてどうなる？　足が震え、進めなくなった。

「行きましょう」

ママがそっと囁いて、わたしの背中を押した。

「ママ……わたし怖い」

「大丈夫、あたしがついてるから」

ママは温かくて大きな手で、わたしの手を握ってくれた。

──行こう。

大きく息を吸って、勇ましく顔を上げた。

この先に、恋の結末が待っている。対峙して、自分の手で終止符を打つ。

わたしは、女性が扉を支えて待つ正面玄関に向かって、踏み出した。

玄関を抜けると、そこは一畳ほどのたたきになっていた。外観は和風家屋だが、中は改装されているのか現代的な住宅だった。

草履や紳士靴、女性のパンプスなどが雑然と置かれている。備え付けの靴箱の上には車の鍵や取り込まれたままの新聞、郵便物などが置いてあった。壁にはハンガーからずり落ちそうになっているコート、指の跡で曇った姿見などがかけてあり、むっとするような生活感であふれている。置かれている靴のどれかはカズトのものなのだろう。

ここで二十二年間、カズトは生活してきた。ここにはわたしの知らない彼がいる。そう思うと、また息苦しくなった。

「どうぞおあがりください」

女性は先に靴を脱いであがり、わたしとママのためにスリッパをこちら向きに揃えた。わたしもスニーカーを脱いでスリッパに足を沈め、廊下を進む。ママはずっと手をつないでいてくれた。

琥珀色に磨かれた廊下は広く、壁には絵画や陶器が品よく飾られている。ああ本当に、カズトは〝大阪のぼんぼん〟だったんだと思い知った。最初から、つりあわなかったのかもしれない。

「和人。涼子さんがいらしてくれはったよ」

言いながら、彼女は一番奥の部屋の襖《ふすま》を開けた。どんな顔をして会えばいいんだろう。また不安になってママを見ると、励ますように手を強く握ってくれた。

よし。

とにかく行こう。

わたしはママの手を離し、思い切って、和室に足を踏み入れた。


そこにはカズトがいた。

二十二年前と全く変わらない、太陽のような笑顔があった。

——だけどそれは写真で、黒い縁に囲まれている。

「……なにこれ?」

写真があるのは仏壇の右側で、正面には鈴《りん》が置かれ、灰でいっぱいの香炉もあった。

「どういうこと?」

わたしは女性の両肩を摑んで、揺らした。女性は涙をこらえるように唇をかんで、うつむいた。

「ねえ、いったいどういうことなのよ!」

叫ぶわたしの背後で、「やっぱりそうだったのね」というママのつぶやきが聞こえた。

「やっぱり……?」

わたしはすかさず振り向く。

「どういう意味。ママは知ってたの?」

ママは大きくため息をついて、頷いた。

「知ってたわ。そうじゃなければいいなあって願ってたけどね」

「嘘。いつから？」

「……最初からよ」

「最初って、初めて会った夜？　初めてカズトのことを話した時だよね？　どうしてよ。わかるはずないじゃん！　いい加減なこと言わないでよ！」

「だけどわかったのよ。あなたの話を聞いた時」

「そんなはずないじゃん！」

わたしは泣き叫んでいた。

「この女の人を奥さんになる人だって紹介されて、別れ話をされたのよね」

「そうよ！」

「あの、違っていたらごめんなさい」

ママが女性の方を向いた。

「苗字は同じだけど、あなたは和人さんの奥様ではないですよね？　もしかして……お姉さまですか？」

「そうです。姉の貴和子《きわこ》でございます」

指で目元を押さえ、女性は頷いた。

「――お姉さん？　だってあの時、婚約者だって言ってたじゃない。子供だって――」

貴和子と名乗った女性は、目を真っ赤にして、ただ黙っている。

「涼子と別れるために、そういうお芝居をしたのよ」

貴和子に代わって、ママが答えた。

「どうしてわざわざそんなことをする必要があるの？　もしもそうだったとして、なんでママにわかるのよ！」

「そういう別れ方があるからよ——太宰治の小説に。そうでしょう？」

嗚咽《おえつ》交じりに女性は「はい」と答えると、畳の上にくずおれた。


「——判明した時には、もう手の施しようがなかったんです」

ひとしきり泣き、少し落ち着いたところで、彼女はお茶を淹れてくれた。わたしはまだ放心状態で、カズトの写真を見つめている。

「教育実習中で、こちらに帰省してるときでした。腰がものすごく痛いというので、病院へ連れていったら——」

末期。

転移。

若いから進行が速い。

できることは限られている——

「すぐに化学療法をすることになったんですが、入院する前にどうしても終わらせておかないといけないことがあると。その時に初めて涼子さんのことを聞きました。とても真剣な交際をしていて、結婚も考えていたと。もう自分には未来はない。彼女の将来の邪魔はできない。だけど病気のことを話せば彼女は何を措いても自分に付き添ってくれる。実業団に挑戦することも諦めて、迷わずに自分を選んでくれる。だから――」

太宰治を好んだカズトが、彼の作品のひとつから別れ方のヒントを得たのは、自然な流れだったのだろう。

「ママには……それがわかったのね」

ママは黙って頷いた。だからママは太宰治を読んでない振りをしたのか。

「それは有名な作品なの？」

「太宰治の遺作だから、そういう意味では有名ね」

「なんていうタイトル？」

ママはうかがうように貴和子を見た。彼女は促すように、そっと頷く。

「――『グッド・バイ』」

ああ。

わたしはぎゅっと目をつぶった。

グッド・バイ……。

「和人に芝居を頼まれた時は、わたしも辛かったです。あの日、あなたが弟のことを泣いて怒って、だけど弟も真実を告げられなくて、はたで見てても切なくて何度も泣きそうになりました。あなたが出て行ったあと、あの子に聞いたんです。ほんまにこれでよかったんかって。そしたらあの子、目を真っ赤にしながら、笑ったんです。もうそれは晴れ晴れと、笑ったんですよ。『これでいいんや。彼女の未来を守れたんやから』って。強い子やと思いました。でもわたしは、ずっと心のどこかで、あなたがいつか気づいてくだされぱいいなと願っていました。あの子があなたのことを心から愛していたと知ってほしかった。だから今日いらしてくださって、とても嬉しかったです。ありがとうございます」

貴和子は涙を流しながら畳に手をつき頭を下げた後、カズトの写真に向き直った。

「よかったねえ、和人。忘れないでいてくれて、はるばる大阪まで探しに来てくれはって、ほんまに、ほんまによかったねえ」

腰に力が入らず、座ってもいられない。倒れそうになるわたしを、ママが正面から抱きしめるようにして支えてくれた。

「カズトのバカ」

わたしはママの胸の中で叫んだ。

「どうして言ってくれなかったの。ひとりで勝手に決めないでよ。一緒にいたかったよ。最期まで、ずっと一緒にいたかったよ。どうして嘘つくの。残酷すぎるよ。ひどいよ。ひどい、ひどい」

わたしは泣きながら、こぶしでママの胸を叩く。

「嘘つき、嘘つき、嘘つき――」

うん、うん、と優しくうなずきながら、ママがわたしの背中をさすってくれた。

「そうね、嘘つきよね。だけど……世界で一番、優しい嘘だと思うわ」

耳元に感じるママの吐息が震えている。

ママの胸の中で、わたしは声が嗄れるまで、大声をあげて泣き続けた。

ホテルに戻ってからも、ずっとベッドにもぐりこんで泣きじゃくっていた。ママは何も言わず、そっとわたしを抱きしめたり、赤ちゃんを寝かしつけるように布団の上からとん、とん、と叩いてくれたりした。

「なにか食べる？　少しでも口にしないと」

そういえば、なにも食べていない。空腹も感じなかったし、水分も口にしていなかった。

「……いらない」

布団から顔だけ出して言う。きっとわたしはひどい顔をしているだろう。

「ちょっと口を開けて」

「いらないってば――」

ば、の形に開いたわたしの口に、何かが放り込まれる。甘い。ほろ苦い。なめらかなチョコレートだった。

「おいしい……」

その途端、また涙がこぼれてきた。ママがコーヒーを淹れてくれたので、のろのろと体を起こす。

「少し落ち着いた？」

「……わかんない」

ベッドの上で三角座りをし、両手で持ったコーヒーをすする。

「この世界のどこを探しても、カズトはいないんだね」

ママは黙って聞いている。

「もう会えないんだね」

「……そうね」

別れ際、貴和子はわたしの両手を握りしめ、何度も何度も礼を言った。

「ご結婚は？」

「しました。子供もふたりいます」

「そうですか。ほんまによかった」

貴和子はわたしの幸せをとても喜んでくれた。貴和子本人はというと当時結婚したばかりで、あの日、やはり妊娠初期だったという。生まれた女の子はとうに成人し、佐藤テクニカルで働いていると教えてくれた。

「ずっとずっとお幸せでいてくださいね。そしてこれからも時々、あの子のこと思い出してやってください」

タクシーが発車しても、貴和子はいつまでも頭をあげなかった。だんだん小さくなっていく貴和子の姿が目に焼き付いている。

カズトの決断が正しかったなんて思えない。今はショックと、ひとりで闘うことを決めてしまった彼への怒りの方が大きい。だけど彼がどれほどわたしを大切に考えてくれていたかは伝わった。

「好きになって良かった」

自然に口をついて出た。

「カズトみたいな人を、好きになって、ほんとに、ほんとに、よかった」

「そうね」

「ママ、ありがと」

　ママの肩に、こつんともたれかかる。

「ママが一緒にいてくれてよかった。わたしひとりだったら、どうなってたかわからない。多分、耐えきれなかったよ」

「それならよかったわ」

「こうなるってわかっていたから、わたしが大阪に行くって言った時、ママは止めたんだよね。それでも聞かないから、心配してついてきてくれた。バカだよね、わたし」

「いいのよ」

「迷惑ばかりかけちゃってごめん。お店も休ませて、お金もいっぱい使わせて」

「いいんだってば。この旅はね——あたしの為でもあったから」

「え？」

「あたしには痛いほどわかってたの。カズトの気持ちが。愛してるのに身を引かなければならない辛さは、あたしだって知ってるつもりよ。他人事《ひとごと》とは思えなかった。だから一緒に旅に出て、あなたの旅を見届けて、あたしも吹っ切りたかったの」

「吹っ切る？　何を？」

「あたしだって、本当はそれほどできた人間じゃない。ううん、正直ぶっちゃけるとね、ちょっと意地悪な気持ちもあった。あなたなんて離婚しちゃえばいいのに、って。だけど涼子って、憎めないいんだもん。不器用で、鈍くて、だけど一生懸命でさ。だから今はね、心から同志って思ってるのよ」

「なに言ってんの、ママ。よくわかんないよ」

「わからなくていいわ。さあ、ゆっくり休みましょう。必要なのは休息よ、お互いにね」

ママはわたしの手からマグカップを取ってサイドテーブルに置くと、枕をぽんぽんと叩く。わたしが再び横たわると、ママも布団のなかに入ってきた。

「大丈夫だから。涼子は幸せになれるから」

ママがぎゅっと抱きしめてくれる。温かくて、柔らかくて、良い香りのするママの胸。懐かしくて、なんだか安らげる。

わたしはママの胸に顔をうずめ、子供のようにしがみつきながら、ゆっくりと眠りについた。


深いのか浅いのかわからない眠りだった。沈んだかと思うと水面に引き寄せられ、たゆたい、また深く落ちてゆく。時折うつらうつらしながら薄目を開けるとデスクに向かっているママが見えて、安心してまた眠りに戻ることができた。

「――涼子。涼子」

何度か潜水と浮上を繰り返した後、揺り起こされた。

「もう朝よ」

「……うそ」

体感的には、ほんの数時間だった。

「ほんと。あなた、ほぼ一日、こんこんと寝てたわ。一気にいろいろあったからね。体の防衛本能よ」

　起き上がろうとした。が、まだ頭が重い。

「やっぱダメ。もうちょっと寝かせて」

「そうさせてあげたいけど、今日は無理。チェックアウトの時間が迫ってる」

　それを聞いて、のろのろと体を起こす。チェックアウト。そうか、もう大阪での旅は終わったんだ。

　ここはもうカズトの存在しない世界。その現実が、再び重くのしかかる。だけどわたし自身が結末を求めたのだ。それと向き合って生きていかなくてはならない。

　化粧水や乳液、美容液、ネイルエナメルの瓶、化粧道具、飲料のペットボトル、スナック菓子、脱ぎ捨てられたストッキング、服——快適な根城としていたラブホテルの一室には、さまざまなものが散乱していた。ママは透明のゴミ袋を片手にゴミをまとめながら、せっせとキャリーバッグに荷物を入れていく。

　回転ベッドとガラス張りのバスルームのある非日常だった一室から、少しずつママとわたしのかけらが剝《は》がされていく。部屋が片付いていくたびに、現実が顔を出す。

「今日、東京に帰るんだね」

　ママと一緒にごはんを食べることも、やいのやいの騒ぎながら文学スポットを回ることも、一緒にお風呂に入ることも、同じベッドで眠ることも、もうないのだ。

「ねえママ、また会える？」

「店に来たらいつでも会ってあげるわよ」

「そんなお金ないよ」

「じゃあ無理ね。あたし、高い女なんだから」

片付けの手を止めずに答えるママの目尻《めじり》には、涙が光っている。

「意地っ張りな女だね、ママは。やっぱ大好き」

「何言ってるの。早く荷造りしてくださーい。チェックアウトの時間過ぎたら、延長料金取られるんですけど」

「はいはい、わかりました」

わたしも荷造りに取り掛かる。荷物がまとまるころには、ここでママと過ごした日々が信じられなくなっていた。

何度も風呂場と手洗いを覗いて忘れ物がないか、掃除し忘れていないかを確認し、鍵を返却して外に出る。

これで本当に旅は終わりだ。ずっと続くような気がしていたのに。

露天神社を背にして曽根崎お初天神通りを抜け、文楽人形風のお初が描かれた商店街の入り口に出る。まるで最初の日へと逆再生しているようだった。大通りを縦横無尽に移動する人の群れ。ママとわたしは、しばらく足を踏み出せずに、その流れをぼんやりと眺めていた。

「わたし……戻れるのかな。元の生活に」

「戻れるわよ」

「夫と子供たちに何て言おう。どんな顔しよう」

「すぐになじめるわよ。それが家族ってもんでしょう」

そうなんだろうか――

「ママ」

どこかから、若い女性の声が聞こえた。わたしはごく自然に、ママがその声に応えるのを待っていた。けれども、ママは何の反応も見せない。

「ママ」

もう一度聞こえた。今度は、少年の声だった。何気なく声の方向を見て、息が止まった。

「芳香……篤史……あなた」

娘と息子、そして夫が、人波の向こうに立っていた。にこやかに笑い、こちらに向かって手を振っている。

「やだちょっと……どういうこと」

わたしの混乱をよそに、三人は人波の途切れを目ざとく見つけて体を割り込ませ、こちらに向かって駆けてくる。

「いやあ、やっぱり大阪は活気があるねえ」

久しぶりに会う夫は、額の汗を几帳面にハンカチで拭きながら言った。芳香と篤史は、たい焼きを美味しそうに齧っている。

「……何してるのよ、こんなとこで」

「何って、仕事だよ。原稿をもらいに来た。学校休みだし、子供たちも大阪に来たいって言うから一緒に」

「原稿？」

その時、ママがすっと動き、バッグから何かを取り出した。

「菊ちゃん。はいこれ」

夫はママから差し出された茶封筒を受け取り、中をあらためている。

「ありがとうございます。早速拝読して、また連絡させていただきます」

「ごめんなさいね、なかなか筆が進まなくて」

「キャリアが長くなればなるほど、そういう時期はありますから」

「奥様もお返ししておくわ。取材旅行に同行してくださって、とっても感謝してるのよ」

「いやあ、妻が重原先生のお店に伺ったと聞いたときは、驚きましたよ」

「あたしも驚いたわよ。菊ちゃんと打ち合わせしてから店に行ったら、奥さんが飲んでるんだもん」

わたしは隣に立っている背の高いママを見あげる。ママはウインクして、ぺろりと舌を出した。

「ママが……重原壮助だったの？」

「そうよ」

夫とのやり取りがフラッシュバックする。長い髪の毛。香水の移り香。スマホから漏れ聞こえる、甘えたような女の声――

「だから言ったじゃない。ちゃんと夫と話し合いなさい、聞いてみなさいって。菊ちゃん、浮気なんてしてないわよ。いつもあたしたち一緒だもん。アリバイ証明できるわ」

うふふ、とママが笑う。憎たらしい。だけど朝日の中、はつらつと笑うママは、悔しいけれどやっぱり綺麗だった。

「なんだか話がみえないな。涼子、この方が先生だって知らないでお供してたのか？」

首を傾げる夫の鼻先で、ママは人差し指を揺らす。

「いいの、細かい話はナシナシ。菊ちゃん、浮気疑惑出てるから、しっかり誤解を解いときなさいよ。はい、これ領収書ね。あとで精算よろしく。ちょっとお金かかっちゃったけど、今回の作品には期待していいわよ。傑作だから。読んだら連絡ちょうだい。じゃあね」

ママがあっさりと歩き出す。

「ちょ、ちょ、ちょっと待ってよ！　いったいどういう――」

わたしは慌てて、ママの腕をむんずと摑んで引き止める。

「涼子、ありがとね」

「え？」

「これで完璧に、あたしも吹っ切れた」

「何なの、意味がわからない」

「あたし、これからレモン買って京都に行くわ。メリークリスマス」

ママはわたしたちに向かって投げキッスをすると、軽々と身を翻《ひるがえ》して歩き去っていく。雑踏の中なのに、ママの颯爽とした、ハリウッド女優然とした背中だけが輝いて見える。

そして一度も振り返ることなく、そのまま人波の中に溶けていった。

せっかくなので鶴橋《つるはし》まで行って焼肉を食べ、ぼてぢゅうのお好み焼きをつまみ、なんばグランド花月をのぞいたりしているうちに、夕方になってしまった。子供たちは初めての大阪に感激しっぱなしで、なかなか帰りたがらなかった。わたしたちの時代には修学旅行は関西に来るのが定番になっていたが、芳香の高校ではオーストラリアだし、篤史の中学では北京《ペキン》へ行くらしい。こういうところでも、時代は移り変わっていく。明治大正昭和とまたがって生きている人をすごいと思っていたけれど、すでに自分も昭和平成令和とまたがって生きているのだ。

新幹線に乗る頃には、とっくに暗くなっていた。シートを向かい合わせにし、家族四人で座る。まだ子供が小さかった頃は、よくこんな風に旅行したことを思い出した。

「ねえママ」

夫がトイレに立った隙《すき》に、芳香が耳打ちしてきた。

「本当はさ、家出だったんでしょ」

声が出ない。芳香と篤史は、にやにや笑っている。

「最近ママ変だったしさ。取材旅行なんて口実だったんじゃないの。なんか、良い表情になってるし」

「大丈夫、パパには内緒。そのかわり、これからはちゃんと仲良くやってくれよな」

夫が帰ってくると二人は共犯者のような微笑をしまいこみ、目をつぶって寝たふりを決め込んだ。夫婦二人きりの時間を作ってくれているつもりなのだ。そしてそのまま本当に眠ってしまったらしい。二人とも無邪気な寝息を立て始めた。知らないうちにどんどん大人になっていく子供たちの寝顔を、わたしは驚いて眺める。

夫はわたしの傍らで、赤ペンを片手に原稿用紙をチェックしている。ちらりと子供が寝ていることを確認すると、ぽつりと言った。

「あのさ、本当に僕が浮気してるって疑ってたの？」

「……うん」

「もう僕のことなんて、興味ないと思ってた」

「そんなことないよ。なんだか、夫婦なのに、一緒に住んでるのに、接し方がわからなくなって。あなたが何を考えてるのかもわからなくなって辛かった」

「そっか。僕も涼子のことがわからない時があった」

「そんな不安定な時に、重原先生の仕事だって言いながら、スマホから女性の声が聞こえてきたから」

あー、あれか、と夫は軽くのけぞった。

「重原先生の本当のお姿は、トップシークレットなんだ。だから涼子にも言えなかった。ごめん」

「そうだったのね」

「先生のご実家はとても厳しくて、代々医者か弁護士しか輩出しないような家系なんだ。文章を売って生活するなんて卑しい人間がすることだ、なんて言われるくらい古風な家でね。だけど芥川《あくたがわ》賞を受賞した時にやっと認められたらしい。両親がご存命の間は、何が何でも今の姿は秘密にしておきたいとのご希望だ。だから絶対に絶対に、情報が洩《も》れてはいけなかった」

「担当を始めた頃は、近影のままだったの？」

「そうだよ。女性として生きるようになったのは、ここ五年ほどだ。それまでは、バーの中でだけ女装されていた」

「あなたはどう思ったの？　戸惑った？　ママの……ううん、先生の変化をどうとらえたの？」

夫はじっとかんがえて、慎重に口を開いた。

「先生は、ずっとさなぎだったんだって思った」

「さな……ぎ？」

「そう。変態する昆虫は、子供の頃と大人になってからと、全く様子が違うよね。そしてそれは自然の一部だ。完全変態をするようになった理由は完全に解明されてないらしいんだけど、気候の変化を乗り切れるよう進化したから、という説があるらしい。だとしたら、必要な人たちにとっては、体を変えることは進化なんじゃないかって思う」

「でも不自然だとか、神への冒瀆《ぼうとく》とか言う人もいるわ」

「さなぎに『変態するな』とか『不自然だ』なんて言えるかい？　それこそ自然に反することだよ。外野がとやかく言うことこそ神への冒瀆だ」

夫は言葉を選びながら、ゆっくりと言った。あらためて、人間として素晴らしい人だと尊敬する。

　ああ、そうだった。

　この人は、なんでもありのままを、あるがままに、受け入れてくれる人だった。しゃかりきにバレーボールにしがみついていたわたし。実業団で実績を残せなくて逃げたわたし。自分の人生に自信が持てなくて空回りしてるわたし。この人はわたしを一度も非難したり、馬鹿《ばか》にしたり、呆れたりしたことがない。ただ何も言わず、穏やかにそばにいてくれる。だから好きになった。

「もうひとつ浮気を疑った理由があるの。明奈って、誰？」

「え？」

「『シャッフル』っていう店の」

「ああ、明奈さん？　ホステスとして働いてる方だよ」

「どうしてブルガリをあげたの？」

　夫は目を丸くし、そして笑い出した。

「ああ、それでか。明奈さんは、先生の店に超大物のお客さまを紹介してくれたらしい。そのお礼にブルガリでアクセサリーを買ってきてくれって頼まれた。執筆以外の雑用も僕の仕事だからさ」

「でも『愛をこめて』っていうカードがあったじゃない」

「先生は悪筆だから、指示通りに書いただけ。それに無記名だっただろ？　カードに唇を押しつけてはんこ代わりにするから空白にしといてって」

「なんだ、そっか……」

力が抜けた。わたしはシートに深くもたれかかる。

「それにしても、この短編、いいなあ」

夫がページをめくりながら嬉しそうに言う。

「先生はしばらく書けない時期が続いてね。やっぱり作家ってセンシティブだから、泣き出したり怒り出したり、大変だったよ。一行でも書いていただくのに、どれだけ苦労したことか」

いやはや、と夫が首を振った。

「涼子と取材旅行に行く、いいものが書けそうな気がする、と聞いた時はびっくりしたけど、これを読む限り、インスピレーションをかきたてる旅行だったんだろうね。僕が取れなかった原稿を、涼子が取ってくれた。ちょっと悔しいな。でもありがとう」

「ねえ、それってもしかして、主人公が昔の恋人を探す旅に出るって話じゃないでしょうね」

「なんだ、涼子も読んだのか」

夫が嬉しそうに紙面から顔を上げる。まったく。ママったら、本当にわたしのことをネタにしたのか。

「一種のロードノベルだね。主人公がトランスジェンダーというのが思い切ってる。先生はずっと、こういうテーマを扱うことを恐れていたからね。だけどもしかしたら題材にする勇気を出すことで、これまで自分が文学に救われてきたように、誰かを救いたいと思ったのかもしれない。

ずっと忘れられなかった男性を探しつつ、その想いを葬り去る旅でもある。最後に男性の幸せを願いながら歩き去るシーンは、涙が出るよ」

吹っ切るために忘れられない相手を探す、という部分以外は、全然違う。ずいぶんアレンジしてあるようだ。

「図書館や梅田駅に行く場面も出てくるね。送った情報が役に立ったみたいだ。光栄だな」

「うん、役に立った……って、あれ？　あなたが送ってくれたの？」

「そうだよ」

「嘘。だって――」

――ダーリンが、迷わないようにってメールを送ってくれて。

――ダーリンはあたしのためならなんだってしてしてくれるの。

「じゃあ、あなたが……」

夫は、きょとんとしてわたしを見ている。

――涼子はあたしの夢だわ。

――あなたは素敵な男性と結婚して、子供を二人も産んで、一緒に暮らしている。涼子は、あたしが焦がれて焦がれて、どれだけあがいても努力しても、決して手に入れられないものを、当たり前のように持っている。あなたは、あたしが夢みる理想の人生を送っているのよ。

ああ。

ああ、ママ。

ママのことだ、出会った夜、わたしとの会話の早い段階で、〝菊ちゃん〟の妻ではと疑い始めたのだろう。そして念のためにとねだった名刺で確認した時は、まさかと驚いたことだろう。

そしてさぞ腹だたしかったに違いない。

自分の想い人と結婚しているくせに、過去の恋が忘れられないと嘆く女のことが。

ママはどんな気持ちで、わたしと旅をしていたんだろう。ママはどんな気持ちで、わたしの視点を通した〝ダーリン〟を見ていたんだろう。

ママ。

優しい嘘つきが、ここにもひとりいた――

「僕が、どうしたって?」

夫が首をかしげている。

ママがぶつける感情を、この人はきっと作家が編集者に言うわがままだと思っている。書けないと駄々をこねては呼び出し、そばにいてくれないとはかどらないと甘える。本当は使いこなせるワープロソフトをあえて使わず原稿用紙にのたくった字で書き、清書させる。そして夫は真摯《しんし》に全ての要望に応えてきた。だけどそこに編集者以上の感情はないことを、ママが一番よくわかっている。

「みんな、バカだ」

「え?」

「ママも、あなたも、わたしも、カズトも、みんなみんな、バカ。バカばっかりだよ」

「え？　え？　なに？」

「なんでもない」

涙を見られたくなくて、夫に背を向けて窓に向く。ガラス窓に、夫が首をかしげながら原稿に戻るのが映っていた。

どうしてこんなにままならないのか。

どうしてもどかしいことばかりなのか。

悔しくて切なくて、さまざまな感情がごちゃまぜになって、その渦におぼれそうで、息苦しくなる。必死で嗚咽をこらえていたその時、漆黒の雲が途切れてまばゆい月が顔を出すのが、涙で滲《にじ》んだ視界に入った。ママの声が耳によみがえる。

――生きることは、その人自身の物語を紡ぐこと。

――人生は物語で、誰もが主人公なの。

わたしは今、マーキーに煌々と輝く自分の名前を見る。

どんなにままならなくても、もどかしくても、苦しくても、わたしも生きている限り、自分自身の物語を紡いでいかなくてはならない。軽やかで歌うように進むこともあれば、重いページを押し開き、血のインクで綴ることもあるだろう。

これまでに紡いできたわたしの物語は、どれほどの厚みがあるのだろう。そしてこの先、何ページほど残されているのだろう。いつか必ず、物語は完結してしまう。だけど最後の句点が打たれるその時まで、わたしは主役を張り続ける。

新幹線が猛スピードで走り、暗く沈んだ景色が高速で後ろに流れていくのに、月は動くことなく、見守るように地上を照らしている。

新幹線がトンネルに入ると、月が視界から消えた。だけどわたしは自分に降り注ぐスポットライトのきらめきを、いつまでもいつまでも感じ続ける。

〈初出〉
「メフィスト」
2022 SUMMER VOL.4 〜
2023 WINTER VOL.6

mRC

秋吉理香子（あきよし・りかこ）

兵庫県生まれ。早稲田大学第一文学部卒業。
ロヨラ・メリーマウント大学大学院にて
映画・TV番組制作修士号取得。
2008年、第3回Yahoo! JAPAN文学賞を受賞し
2009年に『雪の花』でデビュー。
他の著作に『暗黒女子』『監禁』などがある。

＊この作品はフィクションです。
登場する人物、団体は、実在するいかなる個人、
団体とも関係ありません。

月《げつ》夜《や》行《こう》路《ろ》

2023年8月8日　第１刷発行

著者　秋吉《あきよし》理《り》香《か》子《こ》
発行者　髙橋明男
発行所　株式会社　講談社
〒112-8001
東京都文京区音羽2-12-21
電話［出版］03-5395-3506
［販売］03-5395-5817
［業務］03-5395-3615

KODANSHA

印刷所　株式会社KPSプロダクツ
製本所　株式会社国宝社

N.D.C. 913 247p 19cm
ISBN978-4-06-532686-2